MIJN
BROER
HEET
JESSICA

John Boyne bij Meulenhoff Boekerij:

Dief van de tijd
De jongen in de gestreepte pyjama
De scheepsjongen
Het winterpaleis
Noah Barleywater gaat ervandoor
De witte veer
De vreselijke belevenissen van Barnaby Brocket
Het victoriaanse huis
De jongen die zijn vader zocht
De grote stilte
De jongen op de berg
Wat het hart verwoest
Een ladder naar de hemel
Mijn broer heet Jessica

www.boekerij.nl

MIJN BROER HEET JESSICA

JOHN BOYNE

BOEKERIJ

ISBN 978-90-225-8754-6
ISBN 978-94-023-1334-5 (e-book)
NUR 302

Oorspronkelijke titel: *My Brother's Name Is Jessica*
Vertaling: Mechteld Jansen
Omslagontwerp: DPS Design & Prepress Studio
Omslagbeeld: © Puffin
Auteursfoto: © Chris Close
Zetwerk: CeevanWee, Amsterdam

Voor mijn nichtjes, Maya en Ava

I

Een heel vreemde middag

Er is een verhaal dat ik vaak heb gehoord, over hoe mijn broer Jason aan het litteken is gekomen dat boven zijn linkeroog loopt, bijna evenwijdig aan zijn wenkbrauw. Hij was vier toen ik geboren werd en hij wilde al zo lang als hij zich kon herinneren een broertje, een zusje of een hond, maar mijn vader en moeder zeiden altijd nee.

'Niemand hoeft meer dan één kind te hebben,' zei mijn vader. 'De aarde is al overbevolkt. Wist je dat er een straat verderop een gezin woont met zeven kinderen onder de zes?'

'Hoe kan dat nou?' vroeg mijn broer Jason, die nog maar klein was, maar al een beetje wist hoe het in de wereld werkt.

'Twee tweelingen,' zei mijn vader met een glimlach.

'Een hond moet je de hele tijd uitlaten,' zei mijn moeder. 'En voor je gaat zeggen dat jij dat wel zal doen: we weten allemaal dat je dat wel kan zeggen, maar dat het echte werk vooral op je vader of mij zal neerkomen.'

'Maar...'

'Ze geven ook een hoop troep,' zei mijn vader.

'Wat?' vroeg mijn broer Jason. 'Honden of broertjes en zusjes?'

'Allemaal.'

Mijn ouders zeiden met zo veel overtuiging dat we geen gezinsuitbreiding zouden krijgen dat het een hele schok voor hem moet zijn geweest toen ze hem op een dag vertelden dat hij toch zijn zin zou krijgen en er over zes maanden een baby in huis zou komen. Hij schijnt er zo opgewonden van te zijn geworden dat hij twintig minuten aan één stuk door rondjes door de achtertuin ging rennen, schreeuwend uit alle macht, tot hij daar zo duizelig van werd dat hij viel en met zijn hoofd op een tuinkabouter terechtkwam.

Toch heeft hij daar niet dat litteken van.

Maar toen ik geboren werd, was er iets niet goed. Ik had een gaatje in mijn hart en de artsen dachten dat ik niet zo lang zou blijven leven. Het gaatje was maar zo klein als een speldenkop, maar als je een baby bent en je hart is niet groter dan een pinda kan dat best wel gevaarlijk zijn. Ik moest eerst een paar dagen in de couveuse en toen werd ik naar een operatiekamer gebracht, waar een team van chirurgen probeerde te repareren wat er mis was. Mijn broer Jason was op dat moment thuis met de au pair. Hij huilde zo hard van bezorgdheid dat hij van zijn stoel viel en met zijn hoofd tegen een tafeltje klapte.

Toch heeft hij ook daar niet dat litteken van.

De artsen zeiden tegen mijn ouders dat de week daarna kritiek zou zijn, maar omdat ze altijd heel belangrijke banen hebben – mijn moeder is nu minister, maar toen was ze nog gewoon parlementslid en mijn vader is altijd haar persoonlijk assistent – konden ze niet de hele tijd bij me zijn en dus gingen ze om de beurt naar het ziekenhuis. Mijn moeder ging 's ochtends, als het parlement niet in zitting was, maar ze werd de hele tijd weggeroepen voor overleg. En mijn vader ging 's middags, maar hij bleef liever niet te lang voor het geval er 'ontwikkelingen' waren waardoor hij zo snel mogelijk terug moest naar Westminster. Maar de avond na mijn operatie mocht mijn broer Jason voor de eerste keer mee om mij te zien. Daarna weigerde hij naar huis te gaan, ook al was hij nog maar vier, en hij maakte zo'n stennis dat de verpleging hem uiteindelijk in een bedje naast mijn couveuse legde en hem liet blijven.

'Misschien voelt de baby dat er iemand op hem past,' zei de verpleegkundige. 'Dat kan geen kwaad.'

'En wij weten in elk geval dat hij hier veilig is,' zei mijn moeder.

'Bovendien hoeven we de au pair geen dubbel tarief te betalen,' voegde mijn vader eraan toe.

Maar toen, een paar nachten later, maakte een van de machines die me in leven hielden een hard geluid en daar schrok hij zo van dat hij zijn bed uit kwam om een dokter te zoeken. Maar omdat het zo donker was in de kamer struikelde hij over het snoer van een ding dat een intraveneuze infuusstandaard heet. En toen de verpleegkundige even later binnenkwam trof ze mij diep in slaap aan, maar lag mijn broer Jason versuft op de vloer, bloedend uit de wond boven zijn oog.

'Laat mijn broertje niet doodgaan!' riep hij toen de verpleegkundige de wond onderzocht.

'Sam gaat niet dood,' zei ze. 'Kijk maar, alles is goed met hem. Hij ligt lekker te slapen. Maar jij hebt wel een hechting nodig. Hier, hou deze doek maar tegen je hoofd, dan gaan we naar mijn kamer.'

Maar mijn broer Jason wist zeker dat er iets heel ergs met me was en dat er iets verschrikkelijks zou gebeuren als hij me alleen liet. En dus wilde hij per se blijven waar hij was, en uiteindelijk moest de verpleegkundige zijn wond ter plekke hechten, en ze moet nog heel onervaren zijn geweest, want ze deed het niet zo netjes.

En dáár heeft hij dat litteken van.

Ik hou van die wond omdat ik altijd aan dat verhaal moet denken als ik hem zie. Dat hij per se bij mij wilde blijven toen ik ziek was. Daar kun je aan zien hoeveel mijn broer Jason altijd van me heeft gehouden. Zelfs toen hij zijn haar liet groeien en ik het litteken niet meer zo vaak zag omdat hij zijn pony altijd over zijn voorhoofd liet vallen, wist ik dat het daar zat. En ik wist wat het betekende.

Mijn broer Jason zorgt al voor me zolang ik me kan herinneren. We hadden natuurlijk au pairs – véél au pairs – want volgens mijn moeder moest ze haar kiezers op de eerste plaats zetten, anders zouden ze bij de eerstvolgende verkiezingen op de tegenpartij gaan stemmen en dan zou het land totaal naar de knoppen gaan. En volgens mijn vader was het belangrijk dat mijn moeder altijd met een stevige marge won, als ze vooruit wilde komen op het glibberige pad naar de top.

'Het staat goed voor de partij,' zei hij, 'als ze niet alleen wint, maar dík wint.'

De meeste au pairs bleven niet zo lang, omdat ze zeiden dat ze gediplomeerde professionals waren, dat ze gestudeerd hadden, hun rechten kenden en weigerden zich als slaaf te laten gebruiken. En dan legde mijn moeder altijd uit dat ze, als ze zo hoog opgeleid waren, zouden moeten weten dat slaven niet betaald kregen, zoals zij, en dan draaide ze zich om naar mijn vader en zei iets als: 'Dit is nou het type dat naar demonstraties gaat en overal tegen protesteert, maar nooit een vinger uitsteekt om te helpen,' en dan barstte er een discussie los over alles van het falende gezondheidsstelsel tot de nucleaire ontwapening, via duurdere metrokaartjes en het vredesproces in het Midden-Oosten.

Soms bereikten mijn ouders en de au pair een soort overeenstemming, maar het duurde maar een paar weken voor de vlam weer in de pan sloeg en dan werd de oorspronkelijke advertentie erbij gehaald en wees het meisje (en één keer een jongen) erop dat daar niets in stond over de kleren van de ouders strijken, de voortuin wieden of duizenden politieke folders in enveloppen doen terwijl ze op hun eigen kamer in hun eigen tijd televisie zitten te kijken. Maar dan wees mijn moeder op de woorden 'andere huishoudelijke werkzaamheden' en begon iedereen te schreeuwen. De zin 'Als het je niet bevalt kun je altijd weggaan' viel, en dan kregen mijn vader en moeder ruzie omdat hij zei dat het eeuwen zou kosten om een nieuwe au pair te vinden en dat hij intussen met 'die ellendige kinderen' aan huis gekluisterd zou zijn, en dan zei mijn moeder: 'Ach, je wilt haar gewoon houden omdat je graag naar haar kont kijkt' – dat zei mijn moeder, hè, ik vertel het alleen maar na – en uiteindelijk zei de au pair dan dat ze ging staken voor betere arbeidsomstandigheden, en dan zei mijn moeder dat ze in dat geval haar koffers kon pakken en voor de volgende middag weg moest zijn en dat opgeruimd netjes stond.

Dus kwamen en gingen ze als de seizoenen en ik wist dat ik maar beter niet te gehecht aan ze kon raken. En tegen de tijd dat ik tien was, was mijn broer Jason al veertien en zei mijn moeder dat we geen au pair meer nodig hadden – hij kon me elke dag uit school mee naar huis nemen, tenzij hij voetbaltraining had, maar in dat geval moest ik maar huiswerk gaan zitten maken op de tribunes tot hij klaar was. En hij zei: prima, maar kreeg hij dan net zo veel geld als de au pairs hadden verdiend? En mijn vader zei: je woont gratis in ons huis, eet ons eten op en maakt er een rotzooi van met je voetbalschoenen en je vuile zooi, dus zullen we het erop houden dat we quitte staan?

Misschien denk je dat jij kinderen kent die goed kunnen voetballen, maar geloof me, je kent niemand die zo goed is als mijn broer Jason. Hij begon al met voetballen toen hij een peuter was en op zijn negende heeft hij al op proef gespeeld voor de Arsenal Academy. Maar daar zeiden ze dat hij er nog niet klaar voor was en dat ze hem over een jaar nog eens wilden zien. Twaalf maanden later ging hij nog een keer, en toen zei de coach dat hij met sprongen vooruit was gegaan en dat er een plek voor hem was als hij die wilde, maar tot ieders verrassing zei mijn broer Jason nee. Hij zei dat hij het leuk vond om op school te voetballen, maar dat hij niet wilde dat zijn hele leven erom zou draaien en dat hij later zeker geen profvoetballer wilde worden.

'Dat is gewoon belachelijk,' zei mijn moeder. Toen hij een jaar eerder was afgewezen, had zij een enorme discussie gehad met het hoofd van de voetbalopleiding, waarbij ze vage dreigementen over sportsubsidies had geuit. 'Je hebt duidelijk talent. Ik heb je zien spelen en je bent beter dan alle anderen in je klas. Jij weet altijd, je weet wel... de bal weg te schoppen en hem in het net te krijgen... Of in elk geval af en toe.'

'Waarom doe je het niet gewoon een jaartje of zeven, acht?' stelde mijn vader voor. 'Dat is toch niet zo lang? Gewoon tot je klaar bent met school, dan kun je daarna echt over je toekomst beslissen. Het zou goed afstralen op je moeder als je tekende bij een profclub. De kiezers zouden het geweldig vinden.'

'Omdat ik het niet wil,' hield hij vol. 'Ik speel liever voor de lol.'

'Lol?' vroeg mijn vader en hij keek hem aan alsof hij ineens een vreemde taal sprak. 'Je bent tien, Jason! Denk je echt dat het leven om lol draait?'

'Eigenlijk wel,' zei hij.

'Weet je wat jouw probleem is, Jason?' vroeg mijn moeder, die haar nagels zat te vijlen en intussen de kranten doorkeek.

Hij schudde zijn hoofd. 'Nee,' zei hij. 'Wat dan?'

'Je bent egoïstisch. Je denkt altijd alleen maar aan jezelf.'

Ik was op dat moment nog maar zes en zat stil in een hoekje van de kamer, maar toch wist ik al dat dat absoluut niet waar was, want mijn broer Jason was de minst egoïstische persoon die ik kende.

'Waarom wil je geen beroemde voetballer worden?' vroeg ik een keer toen ik op zijn bed lag en hij cd's voor me draaide en me bij ieder liedje vertelde waarom dit het beste nummer ooit was en dat ik mijn muziekkennis moest verbreden en niet meer naar rommel moest luisteren. Als ik zijn kamer rondkeek, zag ik posters van voetballers aan de muur, maar er hing er ook een van Australië en eentje van Shrek, en ik dacht niet dat hij een continent of een groene tekenfilmfiguur wilde zijn.

'Gewoon,' zei hij schouderophalend. 'Dat ik iets goed kan, betekent nog niet dat ik de rest van mijn leven niets anders meer wil doen, Sam. Er zijn een heleboel andere dingen die ik misschien liever wil doen.'

En eerlijk gezegd vond ik dat best redelijk klinken.

Vorig jaar, toen ik nog dertien was, moesten we voor Engels in het weekend een opstel schrijven met de titel: 'Wie ik het meest bewonder'. Zeven meisjes schreven over Kate Middleton, vijf jongens over David Beckham en er waren er nog drie over Iron Man. Daarna kwam een ongeregeld zooitje van mensen als de koningin, Jacqueline Wilson en Barack Obama. Mijn aartsvijand David Fugue, die me al meedogenloos pest sinds de dag dat ik hem in onze straat welkom wilde heten, schreef over Kim Jong-un, de Opperste Leider van Noord-Korea. Toen meneer Lowry, de leraar, hem zevenentachtig redenen gaf waarom Kim Jong-un geen positief rolmodel was, wachtte David Fugue tot hij uitgesproken was en zei toen dat hij maar beter op zijn woorden kon letten, anders zou hij nog flink in de problemen kunnen komen. Hij beweerde dat hij elke avond online zat te gamen met Kim Jong-un en dat ze goede vrienden waren geworden. Eén woord van hem, zei hij, en meneer Lowry zou wel eens het tragische slachtoffer kunnen worden van een akelig ongeluk als hij 's avonds naar huis liep. Dat viel niet zo goed, en David kreeg een brief voor zijn ouders mee naar huis en moest de volgende dag voor de hele klas zijn excuses aanbieden omdat hij op school met geweld had gedreigd.

Ik was de enige die niet over een beroemdheid schreef. Ik schreef over mijn broer Jason.

VIJF DINGEN DIE IK IN MIJN OPSTEL ZETTE

1 Hoe hij aan dat litteken op zijn voorhoofd was gekomen toen ik een baby was, hoewel ik erbij schreef dat ik nog steeds een gaatje in mijn hart heb en elk moment, zonder waarschuwing, ineens kan doodgaan, wat niet waar is, want de artsen hebben het gerepareerd, maar het leverde me wel veel sympathie op.
2 Hoe hij me een keer gered had van een aanrijding door me net op tijd opzij te duwen, en toen de chauffeur stopte om me op mijn kop te geven – al was het duidelijk zíjn fout omdat het op een zebrapad was – joeg mijn broer Jason hem zijn auto weer in, en hij keek alsof hij hem zou vermoorden als hij hem nog eens tegenkwam.
3 Dat hij captain van zijn voetbalteam was en profvoetballer had kunnen worden als hij had gewild, maar dat er een heleboel andere dingen waren die hij liever deed.
4 Dat hij verkering had met Penny Wilson en dat iedereen wist dat zij het mooiste meisje van de school was.
5 Dat hij voorkomen heeft dat ik levend verslonden werd door Brutus, een verschrikkelijke hond die bij ons in de straat woont en altijd gaat kwijlen als hij me ziet alsof hij denkt dat ik het lekkerste hapje van de wereld ben.

VIJF DINGEN DIE IK NIET IN MIJN OPSTEL ZETTE

1 Dat hij nog maar een paar weken eerder een vette ruzie met mijn vader en moeder had en zei dat het belachelijk was dat ze nooit thuis waren, dat ze mama's werk altijd belangrijker vonden dan ons en dat ze niet konden verwachten dat hij altijd voor me zou blijven zorgen, want hij had ook een eigen leven. Hoe moest dat als hij ging studeren? vroeg hij. Maar mijn moeder zei dat ik dan oud genoeg zou zijn om op mezelf te passen. Hij gooide alleen zijn handen in de lucht, zei: *ik geef het op*, ging naar zijn kamer en wilde een hele dag met niemand praten, zelfs niet met mij.

2 Dat hij niet op Facebook, Twitter, Instagram of Snapchat zat, omdat hij het niet trok dat iedereen altijd maar met zijn kop in zijn telefoon zat en alleen maar dingen deed om er foto's van te maken in plaats van ze echt te beleven.

3 Dat ik hem en Penny Wilson de week daarvoor had betrapt toen ze in zijn slaapkamer zaten te kussen en ik zonder kloppen binnenkwam, en dat hij me had weggejaagd met een tennisracket.

4 Dat hij had gezegd dat hij op de tegenpartij zou stemmen als hij achttien was, niet op mama's club, want iedereen daarvan was corrupt en zat er alleen maar voor zichzelf.

5 Dat hij zijn blonde haar nu al een paar maanden

liet groeien en er van die stomme laagjes in liet knippen, ook al vond iedereen, ik ook, dat hij zo net een meisje leek.

Een paar van mijn vrienden leken zich een beetje voor me te schamen omdat ik zo over mijn broer schreef, maar hij was echt degene die ik het meest bewonderde, dus leek het me logisch dat mijn opstel over hem ging. Hij was er altijd als ik hem nodig had. Als ik een nare droom had toen ik nog klein was, mocht ik altijd bij hem in bed en dan zei hij dat er niets aan de hand was. Toen ik moeite met lezen begon te krijgen en mijn vader zei dat ik getest moest worden en ik een leesprobleem bleek te hebben, was het mijn broer Jason die me elke avond met mijn huiswerk hielp. En hoe gefrustreerd ik ook werd als de woorden en de letters over het papier begonnen te dansen op een manier die nergens op sloeg, hij werd nooit ongeduldig – hij schreeuwde nooit: *Lees verdorie toch gewoon wat er staat!* zoals mijn vader – en hij zei altijd dat het vanzelf goed zou komen, dat hij me zou helpen, dat hij er altijd voor me zou zijn, dat we broers waren en dat er nooit iets tussen ons in kon komen.

En ik geloofde hem.

Ik wist al zo'n anderhalf jaar dat er iets mis was met mijn broer Jason voor hij ons zijn geheim vertelde. Hij was nog steeds mijn beste vriend, maar hij begon meer afstand van me te nemen – van ons allemaal –

en soms sloot hij zich op in zijn kamer en weigerde hij urenlang de deur open te doen. Ik vond het verschrikkelijk als hij dat deed, want hij had me vroeger nooit buitengesloten. En hoe vaak ik ook klopte, hij riep alleen maar dat ik weg moest gaan en hem met rust moest laten.

Een keer, toen ik thuiskwam van school, lag hij te huilen op zijn bed en ik wist niet wat ik moest doen, want het voelde alsof onze rollen totaal waren omgedraaid. Ik was degene die soms verdrietig was, vooral als ik gepest werd met het lezen, en hij was altijd degene die me hielp opvrolijken. Het was niet zo dat ik er niet ook voor hem wilde zijn, maar ik wist gewoon niet hoe ik een grote broer moest zijn, omdat ik altijd het kleine broertje was geweest. Het maakte me bang om hem zo te zien. Ik vroeg hem wat er was en toen hij rechtop ging zitten kon ik aan zijn gezicht zien dat hij al heel lang lag te huilen, want zijn wangen waren rood en zijn ogen helemaal dik.

'Er is niets,' zei hij.

'Natuurlijk wel. Je hebt gehuild.'

'Ga gewoon naar je kamer, Sam. Alsjeblieft. Ik wil er niet over praten.'

En omdat ik niet wist wat ik moest zeggen of wat ik voor hem kon doen, deed ik dat.

'Tieners,' zei mijn vader toen ik hem ernaar vroeg. 'Dat is het ergste van kinderen hebben, weet je. Ze veranderen allemaal in tieners. Als ze gewoon in één klap van twaalf naar twintig konden gaan, zou alles veel makkelijker zijn.'

'Maar wat doet hij daarbinnen?' vroeg ik.

'Daar durf ik niet eens over na te denken. Sommige zaken kun je maar beter laten rusten, als je het mij vraagt.'

'Vind je hem ook niet anders, op een bepaalde manier?'

'Op wat voor manier?'

'Ik weet het niet. Stiller. Bozer. Verdrietig, heel vaak.'

'Het enige wat anders aan hem is, voor zover ik kan zien, is dat haar van hem. Ik heb gevraagd of hij het wil afknippen, maar hij vertikt het. Volgens mij heeft hij niet in de gaten hoe belachelijk hij eruitziet met dat haar tot over zijn schouders. Hij lijkt te denken dat dit de jaren zeventig zijn en dat hij dat blonde meisje van ABBA is.' Hij bleef even stil en glimlachte in zichzelf, alsof hij een raar soort flashback had. Toen zuchtte hij en werden zijn ogen dromerig.

'Papa!' zei ik, om hem er weer bij te halen.

'Sorry,' zei hij. 'Alleen... Agnetha en ik hadden een heel bijzondere band toen ik zo oud was als jij. Maar serieus, soms wil ik het liefst wachten tot je broer slaapt, zijn kamer binnensluipen met een schaar en het zelf afknippen.'

'Er klopt iets niet,' zei ik. 'Hij is een beetje...'

'Een beetje wat?' vroeg mijn vader terwijl hij zich naar me omdraaide, en ik dacht heel even dat ik hem bezorgd zag kijken, wat ik hem hiervoor nog niet vaak had zien doen.

'Ik weet alleen maar dat hij niet de oude Jason is,' zei ik. 'Hij zit ergens mee. Met iets belangrijks. Dat weet ik gewoon.'

'O, in vredesnaam, Sam,' zei mijn vader, en hij draaide zich weer om naar zijn computer, waarop hij een spreadsheet open had staan met de namen van alle parlementsleden van de partij erin. Bij sommige namen stonden groene vinkjes, bij andere rode kruisjes en bij weer andere gele vraagtekens. 'We zitten allemaal wel ergens mee. Probeer jij maar eens uit te vissen wie deze lui zullen steunen als het moment daar is. Ik zou me geen zorgen maken, als ik jou was.'

'Maar ik maak me wél zorgen!' wierp ik tegen.

Hij staarde me aan en bleef me langer aankijken dan nodig was.

'Je hebt wél iets aan hem gezien, hè?' zei ik.

'Nee,' zei hij.

'Wél!' hield ik vol. 'Ik zie het aan je gezicht.'

'Nee!' schreeuwde hij. 'Laat me nu met rust, ja? Ik moet werken.'

'Dat heb je wél,' mompelde ik toen ik wegliep.

Maar ik werd pas echt ongerust door wat er gebeurde op wat ik de Heel Vreemde Middag ben gaan noemen. Ik kwam eerder uit school thuis dan anders – ik had eigenlijk schoolzwemmen, maar een of andere zevenjarige had in het zwembad geplast, dus dat ging niet door – en toen ik mijn sleutel in de voordeur stak en omdraaide hoorde ik mijn broer Jason vanuit de keuken roepen.

'Wie is daar?' brulde hij, en er was iets in zijn toon waardoor ik als aan de grond genageld bleef staan. Ik had hem nog nooit eerder zo gespannen gehoord.

'Ik ben het maar,' zei ik. Ik gooide mijn tas op de grond en liep naar de gang om te zien wat er in de koelkast lag.

'Blijf waar je bent!' schreeuwde hij en ik verstarde als een cartoonfiguurtje, precies op het moment dat één voet bijna contact met de vloer maakte.

'Wat is er?' vroeg ik.

'Niets. Maar blijf gewoon waar je bent, oké? Of nee, ga naar beneden, naar mama's werkkamer!'

Ik deed verward een stap naar achteren en keek even naar de deur die naar het souterrain leidt, waar ik niet mag komen. Nóóit. Mama zegt dat ik daarmee haar heiligdom zou schenden. En ook dat ze daar staatsgeheimen bewaart. Ik heb haar wel eens gevraagd of ze de codes van de kernraketten in haar werkkamer heeft, en toen lachte ze, schudde haar hoofd en zei: Nog niet, Sam. Nog niet.

'Maar ik heb honger,' zei ik. 'Ik wil alleen een boterham, meer niet,' voegde ik eraan toe, maar toen begon hij weer te schreeuwen en nu hoorde ik zo veel angst en woede in zijn stem dat de rillingen over mijn rug liepen.

'Sam!' schreeuwde hij. 'Ik zeg dat je nú de trap af moet gaan naar mama's werkkamer, hoor je me? Je mag níét naar de woonkamer of de keuken. Ga naar beneden en blijf daar tot ik je kom halen. En anders zeg ik nooit meer iets tegen je. NOOIT meer! Voor de rest van je leven! Begrijp je dat?'

Ik voelde me bleek worden. Mijn broer Jason had nog nooit zo tegen me gesproken, en hij had al helemaal nooit gedreigd om nooit meer iets tegen me te zeggen. Ik was bang en ik begreep het niet, allebei tegelijk. Ik vroeg me af of er soms inbrekers in huis waren die hem onder schot hielden, en dat ik daarom niet naar binnen mocht. Ik vroeg me af of ik de politie moest bellen.

'Alsjeblieft, Sam,' zei hij even later. Zijn stem was nu zachter en ik kon horen dat hij bijna in tranen was. 'Doe nou gewoon wat ik vraag. Alsjeblieft. Ik kom over een paar minuten naar beneden om je te halen. Dat beloof ik. '

En dus ging ik naar mijn moeders werkkamer en bleef daar zitten. Ik durfde niets aan te raken voor het geval ze erachter zou komen, en ik moest bijna twintig minuten wachten voor ik de deur boven open hoorde gaan en de stem van mijn broer Jason hoorde roepen dat ik weer naar boven mocht komen.

'Sorry,' zei hij, maar hij kon me niet aankijken, ook al staarde ik hem in grote verwarring aan omdat hij deed alsof er niets ongewoons was gebeurd. 'Ik moest nog wat heel erg moeilijk huiswerk afmaken, dat is alles, en ik wilde niet gestoord worden.'

Ik zei niets. Ik wist dat hij loog, maar ik wilde hem niet tegenspreken. Het was allemaal zo bizar. Maar toen begreep ik wat er aan de hand geweest moest zijn.

Hij had daar natuurlijk een meisje binnen gehad, en misschien was het Penny Wilson niet maar iemand anders, en wilde hij niet dat ik dat wist, omdat ik het dan misschien aan iemand zou vertellen. Want het leek of hij een vaag spoortje lippenstift op zijn lippen had en ik rook ook parfum.

Mijn vader en moeder waren allebei thuis op de avond dat hij ons zijn geheim vertelde, en dat was op zichzelf al bijzonder. Het was zomervakantie en ze zaten in de woonkamer. Mijn moeder zat standpuntnota's door te lezen en mijn vader mompelde de hele tijd namen en zei dan dat ze hem of haar ook aan hun kant moesten krijgen als mijn moeder ooit wilde bereiken wat hij de Hoogste Post noemde. Ik probeerde een verhaal over Sherlock Holmes te lezen. Ik hield mijn vinger onder de woorden en gebruikte een potlood om de zinnen en alinea's uit elkaar te houden, zoals het me was voorgedaan. Door mijn dyslexie vond ik lezen moeilijk, maar toch wilde ik de hele tijd boeken hebben en het kon me niets schelen dat het me eeuwen kostte om ze uit te lezen. Ik was halverwege *De man met de verwrongen lip* toen mijn broer Jason de woonkamer binnenkwam en zei dat hij met ons moest praten.

'Kan het niet wachten?' vroeg mijn moeder. 'Ik probeer nu even...'

'Zoek maar een vakantiebaantje als je geld nodig hebt,' zei mijn vader. 'Wij zijn de bank n...'

'Het kan niet wachten en ik heb geen geld nodig,'

zei hij, en er was iets in zijn stem waardoor we allemaal ophielden met wat we deden en ons naar hem omdraaiden. Hij ging op het midden van de bank zitten, zo ver mogelijk bij ons vandaan, en begon te praten.

'Dit is niet makkelijk,' zei hij.

'Wat is niet makkelijk?' vroeg mijn moeder.

'Wat ik nu ga vertellen.'

'Nou, voor de draad ermee, Jason,' zei mijn vader. 'We hebben niet de hele avond.'

Hij slikte en ik zag dat hij een beetje beefde. Hij legde zijn handen voor zich in elkaar, alsof hij zichzelf zo in evenwicht wilde houden, maar toch trilde zijn stem toen hij sprak.

Hij vertelde dat hij al heel lang iets wist, iets over zichzelf wat heel moeilijk te accepteren was. Hij zei dat hij het altijd al had gevoeld, al sinds hij klein was, en dat hij zichzelf ervan had overtuigd dat hij er gewoon mee moest leven omdat iedereen een hekel aan hem zou hebben als de waarheid bekend werd. Maar de laatste tijd begon hij te denken dat hij misschien niet hoefde te liegen, dat hij het misschien wel aan mensen kon vertellen, eerlijk kon zijn, en dat ze het misschien, heel misschien, zouden kunnen begrijpen.

'Je gaat zeker zeggen dat je homo bent?' vroeg mijn moeder en ze bracht een hand naar haar mond, maar mijn broer Jason schudde zijn hoofd.

'Nee, dat is het niet,' zei hij.

'Jake Tomlin is homo,' zei ik, maar niemand luisterde, zoals gewoonlijk. Jake Tomlin was een jongen in mijn jaar die al aan iedereen had verteld dat hij homo was, maar niemand pestte hem ermee omdat hij heel sterk was. Het was duidelijk dat hij iedereen die er een grapje over zou proberen te maken de hersens zou inslaan. Ik vond Jake heel aardig, maar we waren niet echt goede vrienden omdat hij meer van sport hield dan ik.

'Mag ik gewoon even uitpraten?' vroeg mijn broer Jason.

'Is die Penny soms zwanger?' vroeg mijn moeder.

'Je bent toch niet ziek, hè?' vroeg ik, plotseling bang. 'Je gaat toch niet dood?'

'Nee,' zei hij. 'Zoiets is het niet. Ik heb niets.'

'Echt niet?' vroeg ik.

'Echt niet,' zei hij. 'Ik ben niet ziek, ik ben geen homo en Penny is niet zwanger.'

'Fijn,' zei ik, want ik merkte dat ik verdrietig werd bij het idee dat er iets mis met hem zou zijn. 'Want jij bent de beste broer van de wereld, dat weet je.' Ik hoorde zelf hoe sentimenteel dat klonk, maar het kon me niet schelen. Op dat moment moest ik die woorden gewoon hardop uitspreken, zodat hij ze zou horen.

Het bleef lang stil. Hij zat alleen maar naar de vloer te staren. Maar uiteindelijk keek hij weer op en schudde zijn hoofd. 'Maar dat is het nou juist, Sam,' zei hij. 'Volgens mij ben ik je broer helemaal niet. Sterker nog, dat weet ik wel zeker.'

'Zijn broer niet?' vroeg mijn moeder. 'Waar heb je

het in hemelsnaam over? Natuurlijk ben jij zijn broer. Ik heb jullie allebei op de wereld gezet, dus ik kan het weten.'

Ik staarde hem niet-begrijpend aan. 'Wat bedoel je?' vroeg ik.

'Precies wat ik zeg,' antwoordde hij. 'Volgens mij ben ik je broer niet. Volgens mij ben ik eigenlijk je zus.'

2

Nare buren

Ik leerde mijn aartsvijand David Fugue kennen toen we allebei zeven waren. Mevrouw Henderson, die driehonderd jaar lang twee huizen verderop had gewoond, ging dood, en haar kleindochter zette haar huis meteen te koop. Ik had mevrouw Henderson altijd graag gemogen. Ze haalde altijd haar kunstgebit uit haar mond om te laten zien hoe makkelijk het er weer in ging, en ze liet me zelfs een keer haar glazen oog naar school meenemen voor een spreekbeurt, en twee klasgenoten – *allebei jongens!* – moesten ervan overgeven. Ze was haar oog kwijtgeraakt in de oorlog, zei ze, maar ze wist niet meer hoe. Dat had ik altijd een beetje raar gevonden. Als ik mijn oog zou kwijtraken, weet ik vrij zeker dat ik zou onthouden wat ermee gebeurd was.

Maar goed. De vraag wie het huis van mevrouw Henderson zou kopen, werd een soort obsessie voor mijn vader en moeder. Ze hingen om beurten zogenaamd de gordijnen in de voorkamer recht of gingen naar buiten om de tuin te inspecteren als er een onbekende auto de straat in reed. Er werd veel gemopperd over inzakkende huizenprijzen en de angst dat de buurt zou veranderen in iets heel anders dan ooit de bedoeling was geweest.

'Dit is een erg hechte wijk, Sam,' legde mijn moeder aan me uit toen ik haar vroeg wat het uitmaakte wie er twee huizen verderop zou komen te wonen, omdat we ze niet eens zouden horen als ze een feestje gaven of harde muziek draaiden. We konden niet eens horen wat er in het huis naast ons gebeurde, omdat de muren zo dik waren. 'Je zou kunnen zeggen dat er in deze wijk wordt geléééfd.'

'Wordt er dan niet in alle wijken geleefd?' vroeg ik, en ze schudde haar hoofd en keek me aan alsof ik geen grammetje hersenen in mijn hoofd had.

'Iedereen kan hier goed met elkaar opschieten,' zei ze. 'En het zou jammer zijn als dat zou veranderen. Mevrouw Henderson was natuurlijk geweldig, en we zullen haar missen. Om eerlijk te zijn was het beter geweest als ze gewoon voor altijd was blijven leven, met haar sarcastische opmerkingen en de manier waarop ze deur-tot-deurverkopers wegjoeg. Ik zag haar altijd als een soort personage van Maggie Smith.'

'Wie is Maggie Smith?' vroeg ik.

'Professor Anderling,' zei ze. 'Uit de Harry Potter-films.'

'O, die,' zei ik. Ik wist niet dat Maggie Smith een kunstgebit en een glazen oog had. Dat hield ze goed verborgen in de films.

'En ik zou haar nagedachtenis niet graag bezoedeld zien,' ging mijn moeder verder. Ik fronste; ik wist niet goed waar ze het over had. 'Ze zou niet hebben gewild dat Jan en alleman zomaar in haar huis kon komen wonen, denk je wel? Maar wat kun je eraan doen? Het land is niet meer wat het was toen ik een meisje was. Begrijp me niet verkeerd, Sam, ik zou dit deel van Londen graag zien openstaan voor iedereen...'

'Wij allebei,' mengde mijn vader zich in het gesprek. Hij zat aan de keukentafel mijn moeders agenda voor de komende week door te nemen.

'Leven en laten leven, dat is mijn motto. Dat is het altijd al geweest. Maar als je een gemeenschap wilt laten bloeien, moet iedereen deel uitmaken van die gemeenschap. We moeten elkaar helpen, ons als goede buren gedragen, om prettig bij elkaar te kunnen wonen.'

'Je weet wat ze bedoelt, hè?' vroeg mijn broer Jason, die in een leunstoel in mijn moeders *Vogue* zat te bladeren, waarschijnlijk omdat er altijd foto's van meisjes in ondergoed in stonden. (Geloof me maar. Mijn moeder gooide ze in de papierbak als ze ze uit had, maar ik viste ze er altijd uit en bewaarde ze in mijn speciale doos met slotje achter in mijn kleerkast.) 'Geen zwarten, geen Pakistanen, geen Ieren.'

Het werd stil in de kamer. Ik zag mijn moeder zich langzaam van het raam af draaien en haar gezicht werd bleek.

'Wat zei je daar?' vroeg ze zacht.

'Je hoorde me wel,' antwoordde mijn broer Jason, maar hij klonk nu lang niet meer zo zelfverzekerd en ik hoorde zelfs een trilling in zijn stem. Mijn vader had zijn laptop dichtgeklapt en staarde hem verbluft aan.

'Moest dat soms een grapje voorstellen?' vroeg mijn moeder.

'Ach, kom nou,' zei hij, terwijl hij het tijdschrift op tafel smeet. 'Al die kleinburgerlijke normen hier, hè? Soort bij soort. Laat de buitenlanders er niet in. Jullie hebben niet eens zwarte vrienden, of wel?'

'Dat is niet waar,' zei mijn vader. 'Stephen en Angie zijn hier twee weken geleden nog komen eten, weet je nog?'

'Nou, behalve zij dan,' zei mijn broer Jason. Het verbaasde me dat hij Stephen en Angie was vergeten, want zij kenden mijn vader en moeder al eeuwen en Stephen was zijn peetoom.

'En hoe vaak gaan we niet iets drinken met Jack en Roger?'

'Jack en Roger zijn niet zwart,' zei mijn broer Jason. 'Ze zijn homo.'

'Ja, maar als je ons van een of ander soort discriminatie beschuldigt, wil ik je er wel even op wijzen dat je ernaast zit. En het is trouwens heel erg om zoiets te suggereren.'

'Dat vind ik ook,' zei mijn moeder, en ik had zin om de kamer uit te gaan omdat zelfs ik een beetje teleurgesteld was in mijn broer Jason, en dat gebeurde niet vaak. 'Sterker nog, ik kan niet geloven dat je zoiets zegt. Als je zo over ons denkt, ken je ons duidelijk helemaal niet.'

'Goed dan, het spijt me,' zei hij ten slotte. 'Ik had het mis.'

'Ja. Inderdaad.'

'Maar je kunt me niet kwalijk nemen dat ik denk dat jullie totaal geen interesse hebben in het leven van minderheden. Want...'

'Kijk eens, er stopt nu net een auto voor het huis,' zei ik. Ik keek uit het raam en zag een echtpaar uitstappen, met een zoon van ongeveer mijn leeftijd en een dochter van een jaar ouder of zo. De een leek nog minder onder de indruk van wat ze zagen dan de ander.

'Laat eens zien,' zei mijn moeder en ze duwde me opzij; ik viel bijna van de bank, zo ongeduldig was ze om te zien wie ze waren. 'Nou zeg!' riep ze en ze draaide zich triomfantelijk om, met een brede grijns op haar gezicht. 'Hij is zwart, zij is wit en hun kinderen zijn een beetje van allebei. En weet je wat ik ga doen, Jason? Ik ga nu meteen naar ze toe om te vertellen wat een heerlijke buurt dit is. Sam, geef eens een paar van die verkiezingspamfletten aan. Het kan geen kwaad om hun stem meteen binnen te halen.'

Het echtpaar dat naar het huis van mevrouw Henderson kwam kijken – de familie Fugue – kocht het uiteindelijk. En op de dag dat ze erin trokken probeerde mijn moeder op internet een politiek correct welkomstcadeau voor hen te vinden en maakte ik de fout vriendschap te willen sluiten met hun zoon.

'Ik wou even hallo komen zeggen,' zei ik tegen hem, toen ik over straat naar hem toe was gelopen. Hij stond voor de poort van hun voortuin en keek om zich heen met een gezicht alsof het riool was overgelopen en zijn nieuwe bootschoenen verpest waren. 'Jullie zijn hier net komen wonen, toch?' Eigenlijk was ik heel blij om hem te zien, want er woonden geen andere jongens van mijn leeftijd op Rutherford Road en ik had op school nooit echt vrienden gemaakt. Niemand kwam ooit logeren of nodigde me uit voor een vakantie in Zuid-Frankrijk. Ik wist niet precies wat ik fout had gedaan, maar op een of andere manier was het gewoon nooit gebeurd. Ik denk dat het er iets mee te maken had dat ik zo slecht kon lezen. Dat leek me een groot deel van de tijd onzichtbaar te maken.

Niet dat het altijd erg was om onzichtbaar te zijn. Want daardoor kreeg ik niet zo vaak de beurt van mijn leraren en dat was fijn, want ik vond het verschrikkelijk als iedereen naar me keek omdat ik niet begreep dat het woord 'solitair' in het boek 'solitair' was. Of dat het woord 'coöperatie' het woord 'coöperatie' was. Al waren het niet alleen de lange woorden die me in de war brachten. Soms waren woorden met veel klinkers ook moeilijk. Zoals 'luiaard'. Of 'ideaal'. Aan de andere kant konden woorden met haast geen klinkers – zoals 'herfst' – ook problematisch zijn. Er zat geen echte logica achter.

'Ja, maar dat is maar tijdelijk,' zei David, terwijl hij me van top tot teen kritisch bekeek, alsof ik een winterjas was die hij misschien zou terugsturen. 'We moeten een jaartje of twee inkrimpen, dat is alles. De recessie, weet je. Die heeft ons flink geraakt. Ons echte huis is een landhuis met een verwarmd zwembad en een bioscoop in de kelder. We zijn hier alleen tot de economie aantrekt.'

Ik staarde hem aan. Ik had nog nooit iemand van mijn leeftijd zulke grote woorden horen gebruiken. De economie interesseerde me niet en ik wist niet veel van hoe andere mensen leefden, maar van de televisie wist ik dat ons huis een heel stuk beter was dan de huizen van veel andere mensen in Engeland. Alle huizen in onze straat waren van rode baksteen, hadden een flinke achtertuin en vier verdiepingen. Oxford Street was niet ver weg. En iemand die mijn vader en moeder betitelden als 'een lager lid van het koninklijk huis dat geen gratis appartement in Kensington Palace kon krijgen', woonde aan het eind van de straat, op nummer 1, met haar verzameling antieke spiegels en een butler met een baard.

'Aha,' zei ik. 'Hoe heet je, trouwens?'

'David Fugue,' zei hij. 'Je kent mijn familie waarschijnlijk wel. We hebben een zetel in Magdalen College. Ik durf te wedden dat je niet weet hoe je Magdalen College spelt. Nou, probeer maar. Ik geef je vijf pond als je het goed hebt.'

'Ik ben Sam Waver,' zei ik. 'Ik woon een paar huizen verderop, op nummer tien.'

'Waver?' zei hij fronsend. 'Zeker geen familie van Deborah Waver?'

'Dat is mijn moeder,' zei ik.

'O god,' zei hij hoofdschuddend. 'Dat ontbrak er nog maar aan. Een politicus in de straat. Wat krijgen we hierna nog? Een filmster? Een Amerikaan? Je weet natuurlijk dat ze volslagen corrupt is,' voegde hij eraan toe, terwijl hij naar voren leunde en zijn stem liet dalen. 'Ze zit alleen in het kabinet omdat ze iets ergs weet over de premier. En ze is niet vies van smeergeld.'

Ik wist niet wat dit allemaal betekende, maar het klonk niet goed. Ik vroeg me af wat mijn broer Jason op zo'n moment zou doen, maar omdat ik wist dat hij het niet leuk vond als mensen akelige dingen over andere mensen zeiden, besloot ik haar te verdedigen.

'Mijn moeder is hard bezig om vooruit te komen op het glibberige pad naar de top,' zei ik tegen hem. Ik stond heel rechtop en was trots dat ik de woorden kon herhalen die ik mijn vader al zo vaak had horen zeggen. 'Ze zeggen dat ze uiteindelijk de hoogste post zou kunnen krijgen. Dus je moet een beetje op je woorden letten, want op een dag heeft ze de codes van de kernraketten.'

'Waarschijnlijk had mijn vader ook wel premier kunnen worden,' zei David. 'Maar hij zou zo'n baan nooit hebben gewild. Daar is hij veel te intelligent voor. En je weet toch dat de echte macht vooral achter de schermen ligt? De premier is gewoon een marionet van de wereldwijde multinationals, meer niet.'

‘Ja,’ zei ik, al wist ik dat niet en begreep ik ook niet waar hij het over had.

‘Maar goed, ik verwacht dat er binnenkort verkiezingen komen,’ ging hij verder. ‘En iets zegt me dat je moeder er dan uit vliegt.’

‘Je bent niet zo aardig, hè?’ zei ik met een boze frons. ‘Ik kwam alleen even hallo zeggen.’

‘Tja, ach, ik zit niet te wachten op nieuwe vrienden, als je daarop hoopte,’ zei hij. ‘Ik heb er meer dan genoeg bij mijn echte huis, begrijp je.’

‘Het huis dat je kwijt bent, bedoel je?’

‘We zijn het niet kwijt,’ snauwde hij. ‘Dit is maar een tijdelijke obstructie, meer niet.’

‘Wat is een obstructie?’ vroeg ik.

‘Een impediment.’

‘Wat is een impediment?’

‘Sorry, is Engels eigenlijk je moedertaal?’ vroeg hij.

‘*Oui, bien sûr,*’ zei ik, trots op mijn grapje, maar hij rolde alleen met zijn ogen.

‘O god,’ zei hij. ‘Waar zijn we terechtgekomen?’

‘Misschien had mijn moeder wel gelijk,’ zei ik, nu een beetje boos. ‘We hadden hier onder elkaar moeten blijven.’

Hij trok een wenkbrauw op en haalde een piepklein notitieboekje en een minipennetje uit zijn achterzak. ‘Zei je moeder dat?’ zei hij, terwijl hij de zin opschreef. ‘En wat bedoelde ze daar precies mee?’

‘Niets,’ zei ik. Ik begon te vermoeden dat ik iets verkeerds had gezegd. ‘Ze is geen racist, als je dat bedoelt.

Mijn broer Jason zei van wel, maar toen legde papa uit dat ze dat niet kon zijn omdat ze vrienden zijn met Stephen en Angie en...'

'En ik neem aan dat die mensen zwart zijn?'

'Ja,' zei ik. 'En Jack en Roger zijn homo.'

'Wie zijn Jack en Roger?'

'Vrienden van mijn ouders.'

'Dus ze hebben twee zwarte vrienden en twee homovrienden. Wat modern! Ze zullen wel heel blij met ze zijn!'

'O, hou toch je mond,' zei ik. 'Ik heb in mijn hele leven nog nooit iemand ontmoet die zo stom is als jij.'

'Typisch proletengedrag,' antwoordde hij.

'Ik zei: hou je mond.'

'Hou zelf op, proleet. Ken je plaats!'

'Je bent hier nog maar net! Ik was hier eerst!'

'En we blijven hier niet. Zodra de economie...'

'Ja, ja, ja,' zei ik. Ik draaide me om en beende terug naar huis. Vanbinnen kookte ik. Wie dacht die gast wel dat hij was, om in onze buurt te komen wonen en zo tegen me te praten en me uit te schelden? Ik had nu al een hekel aan hem.

Maar dit was waarschijnlijk nog het vriendelijkste gesprek dat we ooit hebben gehad, al hebben we in de jaren daarna nooit echt gevochten. Hij gaf me altijd steken onder water, deed alsof hij beter was dan wij allemaal en hij bleef de hele tijd beweren dat hij en zijn familie voor altijd weg zouden gaan als de economie weer aantrok, wat nooit leek te gebeuren, terug naar hun echte huis, het landhuis met het verwarmde zwembad en de bioscoop in de kelder.

ACHT DINGEN DIE IK MIJN AARTSVIJAND DAVID FUGUE TOEWENS

1 Opgegeten worden door een haai.
2 Door een gek worden opgesloten in een kelder en alleen groene groenten te eten krijgen, als ontbijt, lunch en avondeten.
3 Een week lang achter elkaar naar de albums van Ed Sheeran moeten luisteren.
4 Geadopteerd worden door een gezin in Nieuw-Zeeland.
5 Per ongeluk 'mama' zeggen tegen mevrouw Whiteside, onze docent wiskunde, want dat overleeft níémand.
6 Betrapt worden in de wc's als hij zichzelf in de spiegel kust, en dat iemand er dan een foto van maakt en die met iedereen deelt.
7 Naar een instelling voor jonge criminelen worden gestuurd.
8 's Ochtends wakker worden met iets van twintig puisten in zijn gezicht.

Maar hoewel David Fugue en ik elkaar niet konden uitstaan, had ik nooit kunnen denken dat hij het geheim van mijn broer Jason zou ontdekken en het als eerste bekend zou maken aan de hele wereld. Op de dag dat dat gebeurde, leek het alsof hij al heel lang op zijn triomf had zitten wachten en van elke seconde wilde genieten.

De ochtend nadat mijn broer Jason ons zijn geheim had verteld, zaten we allemaal om de ontbijttafel en konden we elkaar haast niet aankijken.

'Het lijkt mij het beste om te doen alsof gisteravond nooit heeft plaatsgevonden,' zei mijn moeder uiteindelijk, toen het helemaal stil was en er alleen het schrapen van botermessen op toast en het slurpen aan warme kopjes thee te horen was. 'Het was gewoon een van die vreemde avonden die je wel eens hebt en die je maar beter kunt vergeten, zoals die avond dat je vader karaoke deed waar de koningin bij was.'

Mijn vader fronste. Hij dacht altijd graag dat hij goed kon zingen, maar dat kon hij niet.

'Als ik het me goed herinner,' zei hij, 'klapte ze na afloop.'

'Dat was omdat ze beleefd was. Hare Majesteit is áltijd beleefd. Zelfs als iemand "A Crazy Little Thing Called Love" staat te verkrachten.'

Mijn moeder wierp een blik op Bradley, de chauffeur van de ministeriële auto, die 's morgens meestal binnenkwam om een kop koffie te drinken terwijl zij zich klaarmaakte om het huis uit te gaan. Nu vroeg ze of hij in de auto wilde wachten. 'Wat er nu het beste kan gebeuren,' ging ze verder toen hij weg was, 'is dat we allemaal gewoon verdergaan en doen alsof het een soort vreemde droom was. Jason, je bent een tienerjongen en je bent in de war, dat is alles. Je groeit er wel overheen, dat beloof ik je. Je moet het gewoon wat tijd geven. Er wordt de laatste tijd op radio en televisie zo veel gepraat over transgenders...' – en toen ze het woord 'transgenders' zei, maakte ze aanhalingstekens in de lucht met haar vingers – 'en jij probeert gewoon anders te zijn, je eigen identiteit te ontwikkelen. Dat doen tieners altijd. Ja, toen ik zo oud was als jij wilde ik privédetective zijn, gewoon omdat ik te veel boeken over Nancy Drew had gelezen. En weet je vorige zomer nog, toen je broer maar bleef luisteren naar de muziek van Ed Sheeran?'

'Dat is waar,' zei ik en ik knikte. 'En als ik daar nu op terugkijk, vraag ik me af wat ik in godsnaam dacht.'

'Dus ik wil niet dat je de dingen die je ons verteld hebt ooit nog herhaalt, tegen wie dan ook,' ging ze verder. 'Oké?'

Mijn broer Jason keek op en toen ik zijn gezichtsuitdrukking zag, verloren en alleen, moest ik de andere kant uit kijken.

'Je moeder en ik zijn gisteravond lang wakker gebleven om erover te praten,' zei mijn vader, terwijl hij een hand op de schouder van mijn broer Jason legde en hem aaide alsof hij een hondje was. 'Het is duidelijk dat je een of andere persoonlijke crisis doormaakt, maar wij zijn je ouders, we houden van je en we zullen zorgen dat je hulp krijgt.'

'Wat voor soort hulp?' vroeg hij met een hoopvolle blik. Misschien dacht hij ook dat er toch nog een uitweg voor hem was.

'Medische hulp,' zei mijn moeder.

'Wat voor medische hulp?'

'Ja, dat weet ik toch niet?' antwoordde ze gefrustreerd. 'Ik ben geen arts. Pillen misschien. Of hypnose. Elektroshocktherapie.'

'Wat is dat?' vroeg hij.

'Ik weet het niet precies, maar volgens mij houdt het in dat ze een heleboel draden aan je vastmaken en steeds als je iets denkt – iets wat je niet moet denken– krijg je een schok. Een vrij lichte, bedoel ik. Geen schok die blijvende schade veroorzaakt. En uiteindelijk ben je te bang om die gedachte nog te denken.'

'Wat!' zei hij. Hij klonk doodsbang.

'Eerlijk gezegd,' zei mijn vader, 'vroeg ik me al af of het misschien een goed idee was om Hector om raad te vragen.'

'Hector wie?' vroeg mijn moeder.

'De minister van volksgezondheid, Hector Dunaway, natuurlijk. Hoeveel Hectors ken je? Hij zal wel een lijst van de beste mensen op dat gebied hebben.'

Mijn moeder staarde hem even aan, zakte achterover in haar stoel, sloeg haar armen over elkaar en lachte terwijl ze haar hoofd schudde. 'Sorry, Alan, maar ben je je verstand verloren?' vroeg ze. 'Wil je dat ik tegen Hector zeg dat onze zoon denkt dat hij een meisje is?'

'Het woord is "transgender",' zei mijn broer Jason.

'Ik ken het woord,' zei mijn moeder met een boze blik op hem. 'Ik heb het net nog gebruikt. Ik probeer ons er gewoon niet aan te laten wennen, dat is alles.'

'Waarom niet?' vroeg ik.

'Daarom,' zei ze.

'Geweldig antwoord,' zei mijn broer Jason.

'Waar het om gaat, is dat het een grote fout zou zijn om met Hector te praten. Voor zover wij weten kan hij zelf wel leidersambities hebben.'

'Goed punt,' zei mijn vader terwijl hij naar de tafel keek, duidelijk op zijn plek gezet. 'Slecht idee. Niet tegen Hector zeggen.'

'Echt, ik kan niet geloven dat je het voorstelde.'

'Ik zei toch al dat het een slecht idee was,' zei mijn vader geïrriteerd.

'Karaoke was een slecht idee,' zei ze. 'Zoiets aan Hector willen vertellen is gewoon idioot!'

'Oké! Laten we erover ophouden!'

'We vertellen het aan niemand!' zei mijn moeder en ze keek ons een voor een aan. 'Helemaal niemand. We doen wat we zouden doen als Jason een moord had gepleegd.'

'Maar ik heb geen moord gepleegd,' zei hij.

'Nee, natuurlijk niet. Dat kwam er misschien verkeerd uit. Maar vergeet niet, als je wél iemand zou vermoorden zouden wij, als je ouders, alles doen om je te beschermen.'

'Bedoel je nou echt,' zei hij, met stemverheffing uit frustratie, 'dat als ik op een dag zou thuiskomen en zou zeggen dat ik iemand had vermoord, jullie dat zouden verbergen? Of bedoel je dat je transgender zijn net zo erg vindt als een moord plegen?'

'O, in godsnaam, ik weet niet wat ik bedoel,' bulderde mijn moeder en ze sloeg met twee handen voor zich op tafel, waardoor alle borden, kopjes en glazen stonden te trillen en wij van schrik in de lucht sprongen. 'En nee, natuurlijk bedoel ik dat niet. Alleen... ik probeer gewoon te begrijpen wat er allemaal gebeurt en te doen wat voor iedereen het beste is, oké? Dit is allemaal nieuw voor me – kun je dat niet begrijpen? Je kunt niet verwachten dat we altijd overal meteen een antwoord op hebben. Je moet ook rekening met ons houden, ja? Jij hebt hier al heel lang over nagedacht. Voor je vader en mij is het nieuw!'

Mijn broer Jason zei niets, maar ik zag aan zijn gezicht dat hij waarschijnlijk al spijt had dat hij ons überhaupt iets had verteld. Hij had ook nog niets gegeten. Zelfs zijn glas jus stond er onaangeroerd bij, terwijl hij de meeste dagen zo veel jus dronk dat papa zei dat hij nog eens in een sinaasappel zou veranderen.

'En jij, Sam,' zei mijn moeder en ze wees naar me. 'Jij zegt geen woord hierover tegen wie dan ook, begrepen? Ik weet wat een kleine flapuit je kunt zijn.'

Ik knikte. Ze hoefde niet bang te zijn. Ik was echt niet van plan erover te praten. Het laatste wat ik kon gebruiken, was nog meer problemen op school.

'En wat jou betreft...' zei mijn moeder en ze draaide zich om naar mijn broer Jason, die, tot mijn schrik, zijn hoofd in zijn handen liet zakken en begon te huilen.

'Waarom huil je?' vroeg mijn vader en hij legde een hand op zijn elleboog. 'Zie je dan niet dat we je proberen te helpen?'

'Het spijt me,' zei hij.

'Wat spijt je? Dat je huilt of dat je gisteravond die mededeling hebt gedaan?'

'Alles,' zei hij.

'Ik begrijp het nog steeds niet,' zei ik. 'Waarom denk je dat je een meisje bent? Je hebt een piemel. Dat weet ik. Ik heb het zelf gezien.'

'Sam!' schreeuwde mijn moeder. 'Geen piemels aan de ontbijttafel!'

'Sorry,' zei ik. 'Maar het is toch zo?'

'Je moeder bedoelt alleen maar dat we liever niet hebben dat je 's morgens zo vroeg al over piemels praat,' zei mijn vader.

'O, oké,' zei ik. 'Wanneer dan wel?'

'Niet,' zei mijn moeder.

'Waarom niet?'

'Omdat ze walgelijk zijn.'

'Ah,' zei mijn vader zachtjes. 'Dat verklaart een hoop.'

'Er is niets walgelijks aan piemels,' zei mijn broer Jason. 'Zeg dat nou niet tegen hem. Daar krijgt hij rare ideeën van.'

'Zegt de jongen die wil doen alsof hij er geen heeft!' riep mijn moeder.

'Ik doe niet alsof ik er geen heb! Ik weet dat ik er een heb. Het voelt alleen alsof...'

'We zijn er weer,' schreeuwde mijn moeder, nu harder dan ik haar ooit had horen schreeuwen. 'We hebben het nu nóg over piemels. Zelfs nadat ik heel duidelijk heb gezegd dat ik het er niet over wil hebben! Echt, als ik nog één woord van een van jullie hoor over...'

Er werd op de keukendeur geklopt en Bradley stak zijn hoofd om de hoek. 'Sorry dat ik u stoor, minister,' zei hij. 'Maar als we op tijd willen zijn voor de ministerraad, moeten we nu wel vrij vlotjes vertrekken. U weet hoe het verkeer is op dit uur van de dag.'

'Ja, dat is goed,' zei mijn moeder met een zucht en ze stond op. 'Luister, we praten er verder over als ik thuiskom,' zei ze, terwijl ze haar rode ministerskoffertjes pakte en naar de deur liep. 'En als ik zeg dat we er verder over praten als ik thuiskom, bedoel ik eigenlijk dat we het er de rest van ons leven nooit meer over zullen hebben, begrepen?'

En dat vond ik, net als zo veel dingen die de afgelopen vierentwintig uur waren gebeurd, totaal niet logisch.

Misschien besloot mijn broer Jason iemand anders in vertrouwen te nemen omdat niemand van onze familie met hem wilde praten over wat hij doormaakte. Er gingen een paar weken voorbij en we gedroegen ons allemaal alsof er niets gebeurd was. Als ik de kamer binnenkwam en met mijn vader of moeder wilde praten, zeiden ze dat ze het te druk hadden. En hoe graag ik ook wilde weten wat zij dachten, ik durfde er niet over te beginnen, want ik wou niet geloven dat het misschien waar zou kunnen zijn, net als zij. Door erover te praten zou het alleen maar echter gaan lijken en volgens mij was niemand van ons daar klaar voor.

Mijn broer Jason was natuurlijk nog stiller geworden dan eerst en zat nu het grootste deel van zijn tijd alleen op zijn kamer. Maar we hadden misschien kunnen weten dat hij erover zou praten met zijn vriendin, Penny Wilson, zonder twijfel het mooiste meisje dat ik ooit had gezien. Ze leek op een van die meisjes in mijn moeders *Vogues*, vooral op het meisje op pagina 126 van het juninummer uit 2017, wat mijn favoriete nummer ooit was en altijd bovenop leek te liggen in mijn speciale doos met slotje achter in mijn kleerkast. Maar hoe mooi ze ook was, ze was niet altijd aardig.

Penny en mijn broer Jason waren nog maar een paar maanden aan het daten, maar ze hadden al best veel bij ons thuis gezeten. Eerst baalde ik als ze kwam, voor een deel omdat ze ons bij elkaar vandaan hield, maar vooral omdat ik me opgelaten voelde als zij in de buurt was. Ik had haar het eerst gezien op de middag dat ik ze zoenend op zijn bed had betrapt, en mijn belangrijkste herinnering aan dat moment was niet hoe hij me met een tennisracket de kamer uit had gejaagd, maar hoe ze daar had gelegen met haar blouseje opengeknoopt, de roze beha die ze eronder droeg en de bleke, gladde huid van haar buik. Dat beeld stond sindsdien in mijn geheugen gegrift en bezorgde me evenveel verwarring als opwinding en angst. Ik wilde ook mijn hand op haar huid leggen en met haar op bed liggen, net als mijn broer Jason. Nog weken later dacht ik aan haar, en toen begon ik ook nog over haar te dromen. En het ergst van alles was dat ze me als een klein kind bleef behandelen, dat ze haar hand door mijn haar haalde als ze me zag en zei dat ik een echte hartenbreker zou worden 'als ik groot was'.

Maar Penny was de volgende aan wie Jason het vertelde, en ook al was het ongetwijfeld net zo'n schok voor haar als het voor ons was geweest, ze beloofde het aan niemand te vertellen. Maar een paar dagen later appte ze hem dat ze niet meer zijn vriendin was en dat ze nu iets had met Jack Savonarola, de half-Italiaanse keeper van het voetbalteam die, volgens alle meisjes, dromerige ogen had, maar dat ze er altijd voor hem zou zijn als hij behoefte had aan vriendschap.

Dat was dus weer iets voor hem om verdrietig over te zijn, maar nog steeds wist ik niet hoe ik er met hem over moest praten, hoe graag ik dat ook wilde.

De school begon weer en alles viel weer terug in de gewone saaie sleur. Maar net toen ik dacht dat het geheim van mijn broer Jason veilig was, lanceerde mijn aartsvijand David Fugue zijn verrassingsaanval.

Iedereen wist dat meneer Lowry gefixeerd was op de Tudors. Wat we ook bespraken, op een of andere manier wist hij elk gesprek weer op dat vorstenhuis te brengen. Het was echt een obsessie voor hem.

'Neem van mij aan, dit is een van de meest interessante tijdperken uit de geschiedenis van de Britse Eilanden,' zei hij op de dag dat zijn droom eindelijk uitkwam en we bij het deel van de lesstof kwamen waarbij we de Tudors zouden bestuderen. 'Zo veel drama, zo veel intriges. En hoewel er maar vijf Tudor-vorsten zijn geweest, leeft hun legende al eeuwen voort. We hebben maar zes vrouwelijke heersers op dit eiland gehad, en twee van hen zijn Tudors. En wat een persoonlijkheden waren ze! De strijdlustige Hendrik de Zevende, die vanuit de bergen in Wales de troon opeiste en usurpator Richard de Derde versloeg bij de Slag bij Bosworth. En het bijzondere verhaal van zijn zoon, Hendrik de Achtste met zijn zes vrouwen, een prins die met zo veel goede ambities begon maar uiteindelijk een tiran werd. De drie kinderen die hem opvolgden, de enige koning die drie verschillende vorsten heeft verwekt. En zoals jullie misschien weten, vormen de Tudors het hart van bijna alle romans die in de afgelopen tien jaar door Engelse schrijvers zijn geschreven. Het is één eindeloze stoet fictie! Maar ik voor mij ben het meest gefascineerd door koningin Elizabeth de Eerste. Weten jullie waarom?'

We staarden hem zwijgend aan. We hadden geen idee. En eerlijk gezegd boeide het ons ook niet echt.

'Omdat zij het beeld dat de wereld van vrouwen had veranderd heeft,' zei hij. 'Ze bewees dat een vrouw niet alleen kon heersen, maar ook effectief kon heersen. Haar vader was het grootste deel van zijn heerschappij geobsedeerd door het idee dat hij een zoon op de Engelse troon moest zetten, maar dat kon Elizabeth helemaal niets schelen. Ze leefde in het heden. Wat er na haar dood zou gebeuren, interesseerde haar geen klap.'

'Wilde ze dan niet trouwen?' vroeg iemand achter in de klas.

'En zichzelf blootstellen aan de overheersing van een man?' vroeg meneer Lowry. 'Nee! En geloof me, dat was precies wat er in die dagen gebeurd zou zijn. Haar man zou de troon hebben bestegen en zij zou gedoemd zijn tot een bescheiden plekje in de geschiedenis. Nee, Elizabeth besloot dat ze nooit zou trouwen. Ze zag zichzelf niet als koning of als koningin, maar puur als heerser. Geen man en geen vrouw. Volledig zonder gender.'

'Een beetje zoals Jason Waver,' zei David Fugue vanuit het niets, en ik keek op. Ik wist niet of ik hem goed had verstaan.

'Wat zei je daar, David?' vroeg meneer Lowry, en hij keek hem verbluft aan.

'Ik zei: dat klonk een beetje als Jason Waver, meneer. Sams broer. "Geen man en geen vrouw. Volledig zonder gender."'

De hele klas keek in verwarring naar mij en ik voelde mijn hartslag versnellen en mijn gezicht rood worden. Mijn onzichtbaarheid begon te verdwijnen.

'Ik zou niet weten waar je het over hebt,' zei meneer Lowry hoofdschuddend. 'Ik zeg iets over koningin Elizabeth de Eerste en jij begint over...'

'O, hebt u het niet gehoord, meneer?' vroeg David, met een grijns alsof hij de loterij had gewonnen. 'Sams broer heeft blijkbaar besloten dat hij een meisje wil zijn.'

Iedereen keek elkaar nu aan, met open mond van verbazing. Zonder helemaal te begrijpen wat er aan de hand was, maar zonder twijfel zou er een reden voor zijn. Er zat een geweldig schandaal aan te komen.

'Hij wil een meisje zijn?' vroeg meneer Lowry, terwijl hij zich naar me omdraaide. 'Het spijt me, ik weet niet precies wat...'

'O, meneer!' riep David nu wat harder en hij rolde met zijn ogen. 'Het is toch duidelijk? Sams broer is een travo. Hij heeft tegen Penny Wilson gezegd dat hij helemaal geen jongen is, dat hij denkt dat hij een meisje is dat in een jongenslichaam opgesloten zit. Hij is gewoon abnormáál!'

'Wat een onzin,' zei Adam Connors, die achter me zat. 'Sams broer is de beste voetballer van de school!'

'Ja, dus?' vroeg David. 'Wat heeft dat ermee te maken? Denk je dat hij dan geen travestiet kan zijn?'

'Ja,' zei Adam. Iedereen wist dat Adam de beste voetballer van ons jaar was. Kritiek op Jason was kritiek op hem.

'Oké, zo is het genoeg,' zei meneer Lowry met stemverheffing – dat was op zich al zeldzaam – en hij sloeg met de wisser van het whiteboard op zijn bureau om de orde te herstellen.

Het gesprek in de klas viel onmiddellijk stil en ik

voelde dat David Fugue naar mij zat te grijnzen. Hij zat natuurlijk te genieten van de opschudding die hij had veroorzaakt. Ik draaide me om en keek de klas rond. Alle ogen waren op mij gericht. Iedereen wachtte tot ik iets zou zeggen. Maar wat? Ze wisten het. Iedereen wist het. Ik stond onhandig op en struikelde bijna over mijn tas toen ik de klas uit rende, weg van het gelach achter me, en ik rende naar de jongens-wc's, vloog een hokje in en wist de deur nog net op tijd achter me dicht te krijgen voor ik mijn hele ontbijt in de pot uitbraakte.

Op dat moment wist ik zeker dat mijn leven voorbij was. En ik gaf mijn broer Jason de schuld.

3
Bij de meren

Toen de herfstvakantie aanbrak en we een week vrij hadden, was ik best opgelucht dat ik even niet met alle roddels geconfronteerd hoefde te worden, en ik kan me alleen maar voorstellen wat een bevrijding het voor mijn broer Jason geweest moet zijn. Hij had zich teruggetrokken en bracht meer tijd in zijn kamer door dan met zijn vrienden. De roddels vlogen door de school als plastic zakjes in de wind, en bijna niemand sprak nog tegen me, maar steeds als ik ergens binnenkwam, hoorde ik dat er achter mijn rug werd gegiecheld. Iemand stopte een beha in mijn kluisje, en toen ik die eruit haalde om hem in de vuilnisbak te gooien, liep net een van de conciërges langs, die zei dat ik een smerige nietsnut was om zo op meisjeskleren te geilen en dat ze me zouden moeten opsluiten.

'Zeker van een waslijn gestolen, hè?' vroeg hij, en hij spuugde bijna in mijn gezicht. 'In mijn tijd zou zoiets nooit getolereerd worden. De dienstplicht weer invoeren, dat zouden ze moeten doen.'

Iemand anders legde een make-updoosje op mijn tafeltje en toen ik het pakte viel er poeder uit, op mijn trui, en toen zei iedereen dat ik mascara had opgedaan in de wc. Toen ik zei dat mascara op je ogen moet en dat dit duidelijk blusher was, wat je op wangen doet en dat ze dus zelf voor paal stonden, had ik al spijt voor ik het helemaal uitgesproken had en rolde de hele klas om van het lachen. En als ik naar de wc ging, zei iedereen bij de pisbakken dat ik een smeerlap was en dat ik naar hun piemels probeerde te kijken. Wat helemaal nergens op sloeg, want:

VIJF REDENEN WAAROM HET NERGENS OP SLOEG

1. Ik ben geen homo.
2. Mijn broer Jason is geen homo.
3. Het feit dat mijn broer Jason denkt dat hij mijn zus is, maakt hem nog geen homo.
4. Zelfs als mijn broer Jason homo wás, wat hij niet is, zou dat nog niet betekenen dat ik homo was.
5. En zelfs als dat allemaal niet waar zou zijn en mijn broer Jason homo was én ik homo was, zou ik nog wel wat beters te doen hebben dan stiekem naar hun kleine, verschrompelde piemeltjes proberen te kijken, die trouwens walgelijk zijn.

Thuis was er een paar maanden eerder veel discussie geweest over de vraag of we weg zouden gaan in de vakantie, en die beslissing bleek veel ingewikkelder dan we hadden kunnen denken.

'Naar een warme plek,' zei mijn broer Jason, die van zon hield.

'Naar een koude,' zei ik, die niet van zon hield.

'Het weer is nog wel de minste van onze zorgen,' zei mijn moeder.

'Ik zou wel zin hebben in een autovakantie,' zei mijn vader, terwijl hij door een atlas bladerde die hij op de keukentafel had laten liggen. Hij zette zijn bril af terwijl hij met zijn vinger een weg volgde. 'Helemaal van Calais naar Andorra. Hoe lang zouden we daarover doen? Wat denken jullie van een camper? Dat heb ik altijd al eens gewild.'

'Volgens mij is Frankrijk niet zo'n goed idee,' zei mijn moeder. 'Met de anti-Europese stemming van het moment denkt de partij misschien dat ik een soort statement maak als ik erheen ga. Als de premier eindelijk vertrekt, willen we mijn vijanden geen onnodige munitie geven.'

'Heb je vijanden, mama?' vroeg ik en ik keek bezorgd op.

'Een paar. Niet meer dan iemand anders in mijn positie.'

'Dus Europa valt helemaal af?' vroeg mijn vader. 'Het hele continent?'

'Nou, niet per se,' antwoordde ze. 'We moeten gewoon selectief zijn, dat is alles. Het is van belang dat ik word gezien als iemand die volledig achter Europa staat, terwijl ik tegelijkertijd alles afwijs waar het voor staat.'

'Ik zou wel naar Praag willen,' zei mijn broer Jason. 'Ik heb de laatste tijd veel Kafka gelezen en ze hebben daar een museum over hem.'

'Zit de Tsjechische republiek in de EU?' vroeg mijn moeder.

'Ik geloof het wel, ja.'

'Hmm.'

'En Italië?' vroeg mijn vader. 'Het standbeeld van David... de *Mona Lisa*...'

'De *Mona Lisa* hangt in Parijs,' zei ik.

'Italië is hoe dan ook te onstabiel,' zei mijn moeder. 'Er zijn daar altijd wel verkiezingen en dat is het laatste wat ik nodig heb.'

'Griekenland?'

'Eigenlijk heb ik Athene altijd al willen zien,' zei ze, wat opgewekter. 'Maar wat voor boodschap geef ik daarmee af, denk je? Dat ik ze steun kom bieden en me niets aantrek van de besparingsmaatregelen van de EU?'

'Het kan gewoon betekenen dat we een goedkope vlucht hebben genomen,' zei ik.

'Doe niet zo belachelijk. Kijk,' verkondigde ze met een beetje stemverheffing, alsof ze het Huis ging toespreken, en ik had ineens zin om *Orde! Orde! De geachte dame ZAL gehoord worden!* te gaan schreeuwen. 'Ik heb niets tegen Griekenland en zoals jullie weten heeft niemand meer waardering voor feta en olijven dan ik, maar volgens mij zijn er gewoon te veel variabelen. De wereld is groot. Kunnen we geen plek bedenken die in alle opzichten klopt?'

'Misschien is Ierland leuk,' stelde ik voor.

'Ja, nu ga je met opzet dwarsliggen,' zei mijn moeder en ze rolde met haar ogen. 'Dan krijg ik het verwijt dat ik voor een zachte grens ben. Echt, Sam, als je dit gesprek niet serieus wilt nemen, moet je misschien maar gewoon buiten gaan spelen.'

'Buiten gaan spelen?' vroeg ik. Dacht ze soms dat ik vijf was?

'Australië?' stelde mijn vader voor.

'Te ver. De vlucht alleen nekt me al.'

'Japan?'

'Je weet dat ik geen Chinees lust.'

'Je beseft toch dat China en Japan twee totaal verschillende landen zijn?' vroeg mijn broer Jason.

'Wat dacht je van Amerika?' vroeg mijn vader. 'Als we naar Washington gaan, kunnen we misschien...'

'Voordat je een of ander belachelijk voorstel gaat doen,' zei mijn moeder, 'moet je weten dat presidenten alleen premiers ontmoeten, geen leden van een buitenlands kabinet. Maar we kunnen altijd een paar goede foto's schieten voor social media die de índruk geven dat we met belangrijke mensen besprekingen hebben gevoerd.'

'Is er een Disneyland in Washington?' vroeg ik.

'Ja. Het heet het Witte Huis.'

'Is er daar iets wat Sam en ik ook leuk zouden vinden om te doen?' vroeg mijn broer Jason geïrriteerd.

'Tijd met je familie doorbrengen?' probeerde mijn moeder. 'Serieus, jongens! Je vader en ik zorgen het hele jaar voor jullie en dan, op het moment dat we een vakantie voorstellen waar we als gezin bij elkaar kunnen zijn, doen jullie twee niets anders dan klagen. Ik weet niet waarom ik het nog probeer, echt niet!'

Uiteindelijk stapten we niet eens op het vliegtuig, maar reden we voor een paar dagen naar het Lake District. Daar maakten we lange wandelingen en zat mijn moeder op de rotsen zodat mijn vader foto's van haar kon maken terwijl ze in de *Selected Poems of William Wordsworth* las en in de verte staarde alsof ze niet precies wist wie ze was of wat ze daar deed. Maar als we 's avonds terug waren in het hotel, was het bereik altijd waardeloos en was er geen wifi zodat mijn vader ze niet online kon zetten, en uiteindelijk kreeg hij dan ruzie met de hotelmanager over een lekkende douche en zei hij dat het allemaal totale tijdverspilling was.

De vakantie liep al niet lekker vanaf het begin. Er was bijna niet meer gesproken over wat mijn broer Jason ons een paar maanden eerder had verteld en het verbaasde me niet dat mijn ouders er niet over wilden praten, maar ik vroeg me wel af of en wanneer hij er weer over zou beginnen. Het was precies wat ze 'de olifant in de kamer' noemen: iedereen ziet hem staan, maar niemand zegt er iets over. Alleen zat deze olifant tussen ons in op de achterbank geklemd, liep hij achter ons aan als we gingen wandelen en trok hij een extra stoel bij zodra we aan tafel gingen. We spraken alleen over veilige en niet-controversiële dingen, en ik voelde me heen en weer geslingerd tussen beschaamde frustratie en een soort onderdrukte hysterie. Toen mijn vader tijdens het eten een keer vroeg of ik al had bedacht wat ik later wilde worden, maakte die vraag een eind aan een stilte van tien minuten en schreeuwde ik bijna: 'Ja, brandweerman! Nee, dokter! Nee, bibliothecaris! Nee, tapijtlegger! Of schilder en behanger! Of anders kan ik in een dierentuin gaan werken! Of dierenarts worden! Misschien brandweerman! Nee, brandweerman had ik al gezegd, toch?' Ik draaide zo door tijdens het afratelen van mijn lijst met loopbaanmogelijkheden dat ik, toen ik eindelijk kalmeerde, zag dat het hele restaurant zich naar me had omgedraaid en me aanstaarde alsof ik gek was geworden. Het was alsof ik weer werd betrapt op het luisteren naar mijn albums van Ed Sheeran.

'O, maar het is juist goed om alle opties open te houden,' zei mijn vader zacht en hij nam een slok van zijn pint *real ale*. Dat vond hij niet zo lekker, maar hij dacht dat hij er op de foto mee uitzag als een man van het volk.

Op onze laatste avond daar werd mijn moeder herkend door een van de andere gasten, een vrouw van in de zestig met zulk hoog opgestoken en onnatuurlijk blauw haar dat ze me deed denken aan Marge Simpson.

'Hopelijk neemt u het me niet kwalijk,' zei de vrouw toen ze naar ons toe kwam en haar hand uitstak. 'U bent toch wie ik denk dat u bent?'

'Nou, dat hangt ervan af wie u denkt dat ik ben,' zei mijn moeder.

'De minister? Deborah Waver, toch?'

Mijn moeder knikte en glimlachte.

'Ik moest u gewoon even komen bedanken,' zei de vrouw. 'Voor al uw hulp, om ons eruit te krijgen. U bent te jong om het nog te weten, maar ik was een van de mensen die al protesteerden toen Ted Heath ons de EEG in bracht. Waarom zouden we ons in vredesnaam willen verbinden met een stelletje tweederangs landen waar ze rare vleeswaren eten bij het ontbijt en altijd oorlogen met elkaar beginnen? Dat zou ik nou eens willen weten. En, lieve heer, de meesten spreken niet eens Engels! Veertig jaar lang hebben we aan ze vastgezeten en nu, eindelijk, is de nachtmerrie voorbij. Dankzij mensen als u.'

Mijn moeder schoof ongemakkelijk heen en weer in haar stoel. 'Nou, ik weet niet of ik onze Europese partners op die manier zou beschrijven,' zei ze. 'En we zullen natuurlijk nog steeds moeten samenwerken in de...'

'Het is erger voor hen dan voor ons en dat weten ze,' ging Marge Simpson verder. 'Ze wilden allemaal bij ons horen. Hoe zei Cecil Rhodes het ook weer? *Vraag honderd willekeurige mensen welke nationaliteit ze willen hebben en negenennegentig zullen zeggen dat ze*

Engels willen zijn. En gelijk had hij. Als de premier eindelijk weg is, hoop ik dat u voor de hoogste post gaat. U bent precies wat we nodig hebben. Iemand die zich kan verzetten tegen de buitenlanders!'

'Op dit moment is er helemaal geen vacature,' zei mijn moeder. 'Dus ik heb natuurlijk nog niet over mijn eigen ambities nagedacht. De taak die voor ons ligt, is een manier vinden om de Britse belangen te beschermen nu...'

'Ja, ja,' zei de vrouw en ze wuifde deze nietszeggende uitspraken weg. 'We zijn hier niet in het vragenuurtje, lieverd, dat gewauwel is nergens voor nodig. We weten allebei waar je staat. Ik zal je zeggen dat de wijk waar ik woon in de afgelopen paar jaar volkomen veranderd is. Mijn directe buren – *mijn bloedeigen directe buren* – zijn Pakistanen, geloof je het? Ergens uit de buurt van Delhi, zeiden ze. Of was het Seoul? Een van die twee. Op het noordelijke eiland, dat weet ik in elk geval. En ik kan tegenwoordig de straat niet meer op zonder een of andere flikker te zien rondparaderen met zijn vriendje, hand in hand. Wat vindt de koningin daarvan? Dat zou ik nou eens willen weten. Al die knappe jonge mannen die ze om zich heen heeft op Buckingham Palace – de knechten en lakeien en zo – zitten daar soms mietjes tussen? Nooit van zijn leven! En dan moet je weten dat ik echt niet discrimineer; ik heb zelfs een cd van Elton Johns *Greatest Hits* in mijn auto. Maar ik begrijp gewoon niet waarom zulke mensen in een gemeenschap komen wonen waar ze niet in passen? Ze zouden veel gelukkiger zijn in het buitenland, dat weet ik zeker. We zouden ze juist een plezier doen.'

Mijn ouders keken elkaar ongemakkelijk aan en ik zag dat mijn moeder op het punt stond weer zo'n officieel goedgekeurde partijtoespraak te houden, toen mijn broer Jason het woord nam.

'En stel nou dat ze bezwaar maken tegen u?' vroeg hij.

'Wat zei je?' zei de vrouw, die hem nu voor de eerste keer aankeek.

'Ik vroeg: En stel nou dat ze bezwaar maken tegen u?' herhaalde hij. 'Niet omdat ze discrimineren, natuurlijk. Maar stel nou dat ze het niet prettig vinden om naast iemand te wonen die vindt dat ze mag bepalen of iemand anders mag wonen waar hij wil?'

'Jason, hou op,' zei mijn moeder.

'Is dat je zoon?' vroeg Marge Simpson.

'Ja, maar hij weet niet waar hij het over heeft.'

'Waarom draagt hij zijn haar zo? Hij lijkt op Twiggy in haar hoogtijdagen.'

'Natuurlijk weet ik waar ik het over heb,' zei mijn broer Jason verontwaardigd. 'Ik lees de kranten, ik zie het nieuws. Ik zit mijn halve leven op internet. En mijn moeder is nota bene minister. Ik denk dat ik wel énig benul heb van wat er in de wereld gebeurt.'

'Jason!' zei mijn vader met stemverheffing.

'Wat?' vroeg hij verward.

'Hou gewoon op.'

‘Dat sjaaltje dat je om je hals hebt, jongeman,’ zei de vrouw en ze boog zich naar voren met haar ogen half dichtgeknepen. ‘Volgens mij is dat voor meisjes bedoeld, niet voor jongens. Mijn kleindochter heeft er net zo een. En het spijt me dat ik het zeg, maar het geeft je iets heel vrouwelijks.’

‘Dank u.’

‘Waarom bedankt die jongen me in hemelsnaam?’ vroeg ze, terwijl ze ons een voor een aankeek. ‘Het was geen compliment. Is hij misschien een tikkeltje gestoord? Heeft hij psychische problemen?’

‘Er is niets met hem aan de hand,’ zei mijn moeder. ‘Hij is gewoon een tiener, meer niet. Hij is in de war.’

‘O,’ zei de vrouw laatdunkend. ‘Nou, ze zijn wel een slag apart.’

‘Vooral de Pakistaanse,’ zei mijn broer Jason. ‘En de mietjes. Trouwens, historici weten vrij zeker dat Cecil Rhodes homo was, wist u dat? Zijn geliefde is in zijn armen gestorven, om precies te zijn, en daarna was hij ontroostbaar. Bovendien geloofde hij dat blanken superieur zijn en was hij openlijk racistisch.’

‘Jij zou eens manieren moeten leren, jongeman,’ zei de vrouw. Ze schreeuwde nu, en priemde met een verweerde oude vinger naar hem.

‘Volgens mij ben ik juist de enige van ons twee die manieren hééft,’ antwoordde hij. ‘U bent gewoon een discriminerend oud leeghoofd met Marge Simpsonhaar.’

‘Dat dacht ik ook al!’ riep ik uit, blij dat hij het ook had gezien.

'Zeg!' zei ze, terwijl ze achteruitstapte en deed alsof ze verschrikkelijk gekrenkt was. 'Ik kom hier toch niet naartoe om me te laten beledigen?'

'Mond dicht, Sam!' blafte mijn vader, die zag dat een van onze favoriete grapjes op het puntje van mijn tong lag.

'Ik zal je niet langer ophouden,' zei ze, nu weer tegen mijn moeder. 'Ik zie al dat jij je eigen moeilijkheden hebt, lieverd. Ik wilde je alleen bedanken, dat is alles. Als de premier vertrekt, heb jij mijn steun, voor wat het waard is. Als je voor die tijd tenminste grip kunt krijgen op je gezin.'

'Dank u,' zei mijn moeder. 'En mijn excuses voor mijn zoon.'

De vrouw snoof een beetje, wierp nog een laatste afkeurende blik op mijn broer Jason en verdween weer naar de andere kant van het restaurant.

'Bied nooit excuses aan vanwege mij,' zei mijn broer Jason zacht, maar met donder in zijn stem.

'Wel als je...'

'Jij wilt deze vakantie hoe dan ook verpesten, hè?' vroeg mijn vader, die zich woedend naar hem toe draaide.

'Ik wilde alleen...'

'Als je niet beleefd kunt blijven, kun je maar beter je mond dichthouden.'

'Dus ik mag niets zeggen?' vroeg hij. 'Ik mag mijn mening niet geven?'

'Alles in aanmerking genomen,' zei mijn vader, 'is

het waarschijnlijk beter als je dat niet doet. En doe die belachelijke sjaal af en haal die stomme paardenstaart uit je haar. En doe iets aan die stomme pony en die zielige laagjes. Je loopt erbij als Rachel uit *Friends*. Heb je enig idee hoe gênant het is om naast je te zitten als je er zo uitziet?'

Mijn broer Jason en ik deelden een hotelkamer en toen we die avond naar boven gingen, voelden we ons echt ongemakkelijk tegenover elkaar. Ik had dat al sterk gevoeld op de avond dat we aankwamen en het was in de dagen daarna alleen maar erger geworden. Voor zijn grote mededeling zou ik het geweldig hebben gevonden om weer samen met hem op een kamer te slapen, want dat hadden we niet meer gedaan sinds ik klein was, maar nu voelde ik me alleen maar gespannen en opgelaten. En hoewel hij gedachteloos zijn pyjama aantrok terwijl hij zat te zappen, ging ik met mijn pyjama naar de badkamer en kleedde me daar om, zonder zelfs maar zijn kant uit te kijken toen ik er weer uit kwam.

Maar toen ik in bed kroop, zag ik dat hij eindelijk zijn staart had losgemaakt en dat zijn haar los over zijn schouders hing. Het sjaaltje dat tijdens het eten zo veel gedoe had opgeleverd, hing over de rugleuning van een stoel en zijn blauwe scrunchie lag op de toilettafel. Ik vroeg me af wat hij zou denken als hij wakker werd en ze weg waren. Hij zou weten dat ik ze had gepakt, natuurlijk. Maar als er maar één ding weg was, zou hij misschien denken dat hij dat gewoon verloren had. Wat was erger? Het sjaaltje of de scrunchie? Het sjaaltje, besloot ik. Absoluut het sjaaltje.

'Sam?'

Ik keek naar het andere bed en besefte dat mijn broer Jason al een tijdje probeerde mijn aandacht te trekken.

'Wat heb je?' vroeg hij. 'Het lijkt wel of je in een droomwereld zit.'

'Sorry,' zei ik en ik schudde mijn hoofd. 'Ik zat gewoon na te denken.'

Hij rolde zich op zijn zij en bleef me aankijken, met zijn hoofd op een hand steunend.

'Waarover?'

Ik vroeg me af of ik het moest vragen, maar ik kwam tot de conclusie dat ik het nooit zou doen als ik het nu niet deed. 'Over school,' zei ik.

'Ja.'

'En al dat geroddel.'

'Wat is daarmee?'

'Dat moet je toch raken?'

Hij zuchtte en wachtte even voor hij antwoord gaf. 'Ik probeer het te negeren,' zei hij. 'De meeste van mijn vrienden gaan er eigenlijk best goed mee om. Sommige weten niet wat ze moeten zeggen. Maar niemand heeft me gepest of zo.'

Ik lachte bitter. 'Natuurlijk niet,' zei ik.

'Wat bedoel je daarmee?'

'Nou, jij bent jíj, hè?' zei ik. 'Als ik op school kom

met een nieuw puistje, krijg ik de hele klas in mijn nek. Jij kunt zeggen dat je... dat je...'

'Transgender bent.'

'Ja, dat. En...'

'Spreek het gewoon uit, Sam. Je gaat er echt je tong niet aan branden.'

'Jij kunt dat gewoon zeggen,' ging ik verder, zonder daarop in te gaan, 'en niemand gaat je pesten, omdat je altijd populair bent geweest. Het is zo makkelijk voor mensen als jij.'

Nu was het zijn beurt om te lachen. 'Dacht je dat het makkelijk was?' vroeg hij. 'Ze zeggen misschien geen gemene dingen in mijn gezicht, maar denk je dat ik niet weet wat ze achter mijn rug zeggen? Zelfs mijn beste vrienden zijn bang dat ze verkeerde dingen zeggen. Wist je dat er allemaal feestjes zijn geweest waarvoor ik niet ben uitgenodigd?'

Ik schudde mijn hoofd. Dat wist ik niet.

'Een paar maanden geleden zou ik boven aan de gastenlijst hebben gestaan. En nu hoor ik er pas op maandagmorgen over. Geloof me, Sam, ik krijg misschien een ander soort reactie dan jij, maar het is niet makkelijker.'

Ik zei niets, probeerde het uit te denken. Het leek me nog steeds makkelijker als niemand je in je gezicht uitlachte.

'Mag ik je wat vragen?' vroeg hij eindelijk.

'Als je wilt.'

'Waarom heb je zo weinig vrienden?'

‘Wat?’ vroeg ik, terwijl ik verrast naar hem keek.

‘Je neemt nooit iemand mee naar huis. Je gaat nooit naar verjaardagsfeestjes. Je vertelt nooit iets over iemand uit je klas. Ik vraag het me al een tijdje af, maar ik wist niet of ik het je wel moest vragen.’

Ik keek van hem weg, naar de kast, de gordijnen, de spiegel, naar alles waarop ik mijn ogen veilig kon laten rusten zonder hem aan te hoeven kijken. ‘Ik heb wel vrienden,’ antwoordde ik eindelijk.

‘Ik vraag het niet om gemeen te zijn,’ zei hij.

‘Dat weet ik.’

‘Ik ben gewoon bezorgd om je, dat is alles.’

‘Ik heb wél vrienden,’ zei ik nog een keer.

‘Komt het doordat je niet zo goed kunt lezen?’ vroeg hij.

Ik haalde mijn schouders op en trok mijn handen onder de dekens vandaan. Ik staarde een tijdje naar mijn vingers. Ik moest mijn nagels knippen, maar ik had er niet aan gedacht om een nagelknippertje mee te nemen op vakantie. ‘Ze vinden me stom,’ zei ik. ‘Ze schelden me uit.’

‘Dat doen mensen als ze iets niet begrijpen.’

‘En omdat jij zo goed bent in sport en ik zo slecht, lachen ze me uit.’

Hij zweeg een tijdje en toen hij weer iets zei, was ik verrast door wat hij voorstelde.

‘Zullen we de minibar plunderen?’ vroeg hij en ik keek hem aan, want ik wist niet precies wat hij bedoelde. ‘De minibar,’ herhaalde hij en hij sprong uit bed en deed het koelkastje onder de televisie open. Die zat vol kleine flesjes en blikjes. 'Wat wil jij?' vroeg hij. 'Er is Cola, Fanta, Sprite...'

'Mag dat wel?' vroeg ik.

'Wat maakt dat uit? Als we er niets uit mochten pakken, hadden ze een slot op de deur moeten doen. Hier,' zei hij, terwijl hij me een Fanta toewierp, en ik trok het blikje open en hield het tussen onze bedden in toen het begon te schuimen. Hij nam een blikje bier en ging ermee op bed zitten, slurpte het schuim van de bovenkant en likte toen zijn lippen af. Eigenlijk mocht hij nog geen bier, want hij was pas zeventien, maar ik wist dat hij het lekker vond. Soms, als hij terugkwam van een avond bij vrienden, was hij helemaal giechelig en klaagde mama dat hij stonk als een brouwerij. Dan bleef hij de volgende dag urenlang in bed liggen en brulde hij tegen me zodra ik bij hem in de buurt kwam.

'Oké, Sam,' zei hij. 'Het is tien jaar later. Jij bent drieëntwintig. Waar ben je?'

Ik dacht erover na. 'Dan heb ik mijn eigen huis,' zei ik.

'Goed zo. En verder?'

'Het is een heel groot huis. Een soort landhuis.'

'Natuurlijk.'

'Want ik ben heel erg rijk.'

'Vanzelfsprekend. Maar wat doe je dan?'

'In mijn sportauto over de snelweg rijden, met de kap naar beneden en keihard muziek aan!'

'Ed Sheeran zeker?'

'Hou je kop!'

'En hoe kom je aan al dat geld?'

Daar moest ik over nadenken. 'Ik heb de loterij gewonnen,' zei ik.

'Boffen. Heb je ook wat aan mij gegeven?'

'Een beetje. Niet te veel. Ik wil je niet verwennen.'

'Oké,' zei hij, lachend. 'Nu weer terug naar het echte leven. Serieus, waar denk je dat je over tien jaar bent?'

Ik haalde mijn schouders op. 'Ik weet het niet,' zei hij. 'Moet ik dat dan weten?'

'Nee,' zei hij, en hij pakte een extra kussen dat hij eerder op de grond had gegooid en zette het achter zijn rug. 'Het is nergens voor nodig om dat al te weten.'

'Wist jij wat je wou toen je zo oud was als ik?' vroeg ik.

'Ik wist een paar dingen,' zei hij.

Ik beet op mijn lip. Ik zag al aankomen waar dit naartoe ging en wist eigenlijk niet of ik erover wilde praten. 'Oké dan,' zei ik. 'En jij? Over tien jaar ben je zevenentwintig. Waar ben je?'

'Ah,' zei hij grijnzend, en hij nam een lange slok van zijn bier. 'Oké. Nou, om te beginnen ben ik een beroemde schrijver, een literaire superster.'

'Fantastisch.'

'Van elk boek dat ik schrijf worden er miljoenen verkocht en ik krijg heel veel prijzen.'

'Dat spreekt voor zich.'

'En ik heb een heel mooie vriendin die van me houdt, en ik hou ook van haar, maar ze is een gestoorde nymfomaan dus ze wil elke dag tien keer seks met me.'

Ik giechelde, maar wist ineens niet meer waarom ik lachte.

'Wat?' vroeg hij toen hij mijn stemming voelde omslaan.

'Niets,' zei ik.

'Er is niet niets. Er is iets. Dus vertel op.'

'Nou, gewoon... Weet je zeker dat je geen vriendje wil?'

'Waarom zou ik een vriendje willen?'

'Ik weet het niet,' zei ik.

'Je weet dat ik geen homo ben, hè?' vroeg hij een beetje gefrustreerd. 'Ik bedoel, ook geen probleem als ik dat wel zou zijn, dan zou ik gewoon uit de kast komen en het aan je vertellen. Maar ik ben het niet.'

'Misschien weet je gewoon niet dat je homo bent.'

'Ik weet toevallig dat je een speciale doos met slotje achter in je kast hebt staan, vol met oude *Vogues* van mama, en de ondergoednummers liggen altijd bovenop.'

'O,' zei ik, terwijl het bloed naar mijn wangen schoot.

'Het is oké, het kan me niet schelen,' zei hij lachend. 'Kijk niet zo beschaamd, in godsnaam. Het geeft niet.'

'Ik schaam me niet,' zei ik.

'Kom op zeg. Als ik een ei boven je gezicht zou breken was het binnen vijf tellen gebakken. Ik heb ook zulke tijdschriften. En ik weet dat je ze hebt gevonden omdat jij ook in mijn kamer rondsnuffelt. En wat zie je daarin? In die in mijn kamer, bedoel ik.'

'Meisjes,' zei ik.

'Precies. Meisjes. Ooit een jongen gezien?'

'Nou, soms,' zei ik. 'Maar ze zijn altijd samen met jongens. En dan doen ze dingen met ze.'

'Ik koop ze niet voor de jongens,' zei hij. 'Ik koop ze omdat papa en mama het ouderlijk toezicht niet van de computers willen halen.'

'Weet ik,' zei ik. 'Dat haat ik.'

'Dus ik ben geen homo.'

'Oké.'

'Geen homo!'

'Ik geloof je wel,' zei ik. Het begon me nu te irriteren. 'Maar als je denkt dat je eigenlijk een meisje bent, moet dat dan niet betekenen dat je eigenlijk iets met jongens wilt?'

'Niet per se,' zei hij. 'Dat ligt erg ingewikkeld.'

'Leg het dan maar uit,' zei ik, terwijl ik me naar hem toe draaide. 'Want ik begrijp niet wat er aan de hand is. Vertel op.'

Hij leunde met een zucht achterover, nam nog een lange teug van zijn bier en toen het blikje leeg was pakte hij er nog een.

'Weet je wat een van mijn vroegste herinneringen is?' vroeg hij.

Ik schudde mijn hoofd.

'Ik was drie en ik ging sinds kort naar die speelzaal waar we naartoe gingen toen we klein waren – weet je nog?'

'Ja,' zei ik. Ik was daar een jaar naartoe gegaan voordat ik met de echte school begon. Het zat er vol krijsende kinderen en er was meer Lego dan ik ooit daarvoor, of daarna, heb gezien. Ik vond het daar echt fijn.

'Het was op mijn eerste dag,' zei hij. 'Ik speelde met een meisje dat Amelia heette en een jongetje dat Jack heette. En Amelia zei dat ze moest plassen, dus toen zei Jack dat hij ook moest plassen, dus natuurlijk zei ik dat ik ook moest plassen. En dus gingen we alle drie naar de wc's en er waren er natuurlijk twee, een voor de jongens en een voor de meisjes, en die waren naast elkaar. En toen we er waren, nam Jack de ene deur en Amelia de andere. Maar ik liep achter haar aan. Ze gilde – al voor we echt binnen waren – en duwde me naar buiten, en de juf kwam me uitleggen dat ik de verkeerde deur had, dat de jongens dáárheen moesten, en ik schudde mijn hoofd en wilde daar niet naar binnen gaan. Wat ze ook deed, ik zei dat ik die niet wilde, dat ik naar de meisjes-wc's hoorde te gaan. En weet je, ik was nog maar drie. Ik wist toen nog helemaal nergens iets vanaf. Maar het leek... gewoon te kloppen dat ik naar de meisjes-wc's moest. Omdat ik er niet in mocht, plaste ik uiteindelijk in mijn broek en alle andere kinderen lachten me uit en wezen me na. Dat kon me niet zo veel schelen. Er plaste daar elk uur wel iemand in zijn broek. Aan het eind van de dag was het meestal alsof we te lang op de Titanic waren blijven zitten. Maar goed. Mijn vader en moeder werden de volgende dag binnengevraagd en ze gaven me een standje, en vanaf dat moment moest ik altijd naar de jongens-wc, maar tot op de dag van vandaag heeft dat nooit goed gevoeld.'

'Jij gaat altijd naar de invaliden-wc,' zei ik zacht, want ik herinnerde me ineens dat me dat al een paar jaar opviel, maar ik had er nooit echt over nagedacht. Ik dacht altijd dat hij dat uit een soort verlegenheid deed.

'Dat klopt, ja,' zei hij. 'Ik kan natuurlijk niet naar de meisjes-wc's. Maar het voelt ook niet goed om naar de jongens-wc's te gaan.'

'Dus dat is het?' vroeg ik, al leek het me niet zo'n goede reden. 'Daarom denk je dat je een meisje bent?'

'Nee, natuurlijk niet. Het is gewoon het eerste wat ik me herinner, meer niet. Maar mijn hele leven bestaat uit dat soort momenten. Een pop vragen met Kerstmis en nee te horen krijgen, ik moest maar een speelgoedpistool of een computerspel vragen. Mee uit winkelen genomen worden en voelen dat ik in het verkeerde deel van de winkel zat, dat een magnetische kracht op een verdieping hoger me aantrok. Je weet het vast niet meer, maar toen ik een jaar of twaalf werd gaf ik een verjaardagsfeestje en voor de eerste keer wilde ik helemaal geen jongens uitnodigen. Alleen maar meisjes. Ik zat in die fase dat ik jongens haatte. En papa noemde me de hele tijd een casanova, maar hij zat er helemaal naast. Bij iedereen begon het lichaam te veranderen en ik voelde dat ik bij de meisjes hoorde, niet bij de jongens. Begrijp je dat een beetje?'

Ik zei niets.

'Denk hier eens over na, Sam,' zei hij. 'Je bent nu dertien. Als er vier van je klasgenoten bij ons thuis zouden komen en de hele middag bij je op je kamer zouden zitten, bij wie zou je je dan het meest thuis voelen? Bij vier jongens of vier meisjes?'

'Vier jongens,' zei ik.

'En toch kijk je graag naar foto's van meisjes met heel weinig kleren aan. En zo is het met de meeste mensen van jouw leeftijd. Maar ik ben altijd al anders geweest. Ik wilde bij de meisjes horen én naar meisjes kijken.'

'Dus... dan ben je tóch homo?' vroeg ik.

'Ik heb je al verteld...'

'Nee, ik bedoel, als je denkt dat je eigenlijk een meisje bent maar je valt op meisjes, dan blijkt daar toch uit dat je wél homo bent? Of nou ja, lesbisch dus?'

'Dat zal dan wel,' zei hij, erover nadenkend. 'Ik weet het niet. Op dat punt wordt het heel ingewikkeld. Daar moet ik nog verder over nadenken. Ik heb niet alle antwoorden, Sam. Ik ben nog maar zeventien. Ik probeer nog steeds mezelf te begrijpen. Het is echt moeilijk.'

'En voetbal dan?'

'Ik hou toevallig gewoon van voetbal!' zei hij. 'En ik ben er goed in! Dat geldt voor wel meer meisjes, hè?'

'Maar weet je,' zei ik, nadat ik even de tijd had genomen om na te denken, 'ik vond het niet leuk toen je zei dat je mijn broer niet was.'

'Misschien formuleerde ik dat verkeerd,' zei hij. 'Wat ik in elk geval wel zeker weet, is dat jij mijn broer bent. En dat je dat altijd zal zijn.'

'Maar jij bent een jongen,' hield ik vol.

'Als je me nog één keer vertelt dat ik een piemel heb, ga ik nog denken dat jij degene bent die homo is.'

Het werd me allemaal veel te ingewikkeld en ik kon er al helemaal geen grappen over maken, dus stapte ik uit bed en ging naar de badkamer. Daar staarde ik in de spiegel en keek naar mijn gezicht. Ik was een jongen, toch? Ik voelde aan mijn wangen en mijn kin. Ik zocht op mijn bovenlip naar tekenen van een snor; ik hoopte dat die nu elke dag kon doorkomen. Ik keek in mijn pyjamabroek. *Ik was een jongen*! Als mijn broer Jason plotseling kon veranderen, kon ik dat dan ook? Want dat wilde ik niet.

Er werd op de deur geklopt.

'Sam?' vroeg hij. 'Sam, is alles oké?'

'Ja, prima,' zei ik.

'Kom er dan uit.'

'Ik zit op de wc.'

'Ja, maar je gáát niet naar de wc, dus kom eruit. Alsjeblieft.'

Ik wachtte even en draaide toen de deur van het slot, vloog vanuit de badkamer mijn bed in en trok de lakens op tot aan mijn kin.

'Oké dan,' zei hij met een zucht en hij liep langzaam terug naar zijn bed en kroop erin. 'Vertel eens waar je het bangst voor bent.'

Ik slikte. 'Dat dit ook met mij gebeurt?' vroeg ik.

'Wat bedoel je?'

'Dat ik op een dag wakker word en denk dat ik een meisje ben?'

Mijn broer Jason lachte en schudde zijn hoofd. 'Geloof me, dat gaat niet gebeuren.'

'Hoe weet je dat?'

'Dat weet ik gewoon.'

'Want ik wil geen meisje zijn,' zei ik vol overtuiging. Ik voelde tranen prikken in mijn ogen. 'Ik haat meisjes...'

'Je haat meisjes niet.'

'Nee, maar ik wil geen meisje zijn. Ze dragen rare kleren en hebben parfum op en lopen altijd te dansen en met hun ogen naar iedereen te rollen en gemeen te doen en over Justin Bieber te praten en...'

'O, in godsnaam, Sam,' zei hij geërgerd. 'Meisjes zijn zo veel meer dan dat. Wees toch niet zo'n lul.'

'Wat?'

Hij zuchtte. 'Serieus, Sam, je hoeft je echt geen zorgen te maken. Als ik één ding zeker weet, is het dat jij en ik wat dit betreft helemaal niet hetzelfde zijn. Jij bent een jongen en dat zul je altijd zijn.'

'Ik ben moe,' zei ik. 'Ik wil gewoon slapen. Kunnen we gaan slapen? Ik wil er niet meer over praten.'

'Maar je hebt toch geen hekel aan me, hè?'

'Natuurlijk niet,' zei ik. 'Ik wil gewoon dat je beter wordt, dat is alles.'

'Dat ik béter word?' Hij ging rechtop in bed zitten en keek me aan met zo veel ongeloof op zijn gezicht dat ik me afvroeg wat ik verkeerd had gezegd. 'Zei je nou dat je wilde dat ik béter werd?'

'Ja. Wat is daar mis mee?'

'Dus je denkt dat ik ziek ben, klopt dat? Dat ik een soort ziekte heb?'

Ik zei even niets. Ik wist wat ik moest zeggen, wat hij wilde horen, maar het kon me niets schelen. 'Nou, dat zeggen papa en mama,' zei ik, maar nog voor ik was uitgesproken wist ik al dat het niet eerlijk was om de schuld aan hen te geven.

'Oké,' zei hij ten slotte. 'Nou, ik vind het jammer dat je er zo over denkt.'

'Doe je het licht uit?' vroeg ik, terwijl ik ging liggen en mijn rug naar hem toe draaide.

'Nog niet,' zei hij. 'Doe je ogen maar dicht als je moe bent. Je valt nu snel genoeg in slaap.'

En ik deed wat hij zei. Ik deed mijn ogen dicht en na een paar minuten ging ik anders ademen, zodat het leek alsof ik sliep. Maar het probleem als je doet alsof je slaapt is dat je niet kunt opkijken als je hoort dat iemand nog een biertje openmaakt, en nog een, en dan nog een en daarna huilend in bed valt, en dat je moet wachten tot hij eindelijk in slaap is gevallen voor je kunt opstaan om het licht uit te doen. En dat je geen kans krijgt om sorry te zeggen.

4
Goudvissen en kangoeroes

Mijn aartsvijand David Fugue zat ons allemaal dood te vervelen met een verhaal over de neef van de buurvrouw van de zus van zijn vaders zakenpartner die een weekend met Harry en Meghan had doorgebracht, toen er op de deur van de klas werd geklopt en mevrouw Flynn, de secretaresse van de school, binnenkwam.

'Sorry dat ik stoor, meneer Lowry,' zei ze, terwijl ze de klas rondkeek. 'Maar Sam Waver moet zijn spullen pakken en meegaan naar de receptie. Zijn ouders wachten daar op hem.'

Dat ik zo onverwacht uit de les werd gehaald, ontlokte een heleboel geroep en gefluit aan mijn klasgenoten. Die waren dolblij met alles wat de gewone sleur doorbrak en vroegen zich hardop af of ik geschorst, gearresteerd of ter adoptie aangeboden zou worden.

'Misschien gaat hij zijn eerste behaatje passen,' riep David Fugue en ik keek hem woedend aan. 'Of neem je gewoon die van je broer als hij eruit groeit?'

'Hou je kop,' snauwde ik.

'O, pas op, hij is ongesteld,' zei David. Hij sloeg dubbel van het lachen en ik sprong op van mijn stoel om me met gebalde vuisten op hem te storten. Maar meneer Lowry sprong op tijd tussen ons in – waar ik eerlijk gezegd op gerekend had. Mijn dagen van onzichtbaarheid waren voorbij. Iedereen zag me nu.

'Pak maar gewoon je tas en je jas, Sam,' zei hij kalm. 'En ga met mevrouw Flynn mee.'

'Ik krijg je nog wel, Fugue,' zei ik, terwijl ik een vinger in zijn richting priemde. 'Ik krijg je nog wel!'

'Ja? Wat ga je dan doen? Met je handtasje slaan?'

'Zo is het genoeg, David!' schreeuwde meneer Lowry, die zich omdraaide en hem dreigend aankeek. 'Nog één woord en...'

'Maar ik zei niets, meneer!' zei David, en hij stak zijn handen omhoog alsof hij niet kon geloven dat hij onterecht beschuldigd werd.

Ik raapte mijn spullen bij elkaar, rood van schaamte en woede, en liep naar de deur. Ik liep achter mevrouw Flynn aan door de gang terwijl het geluid van gelach me achtervolgde. Een tijdje, zei ik tegen mezelf, had ik me prima gered op school. Ik kwam niet in de buurt van de top tien van populaire leerlingen, maar had ook geen echte vijanden. Maar nu lachte iedereen me uit. En dat was op geen enkele manier, echt geen énkele manier, mijn eigen schuld.

Ik wist nog steeds niet wat er aan de hand was, maar toen ik bij de receptie kwam, waar mijn vader en moeder op me wachtten, rolde ik met mijn ogen toen ik mijn broer Jason zag. Hij had zijn lange haar weer in een paardenstaart, deze keer met een rode scrunchie omdat zijn blauwe op geheimzinnige wijze verdwenen was toen we op vakantie waren, net als de meisjesachtige sjaal. Heel even vroeg ik me af of we soms allebei van school werden gehaald en ergens anders naartoe gestuurd, waar niemand ons kende. Naar Zweinstein misschien. Dan kon ik hem mooi terugtoveren naar hoe hij vroeger was.

'Waar bleef je zo lang?' vroeg mijn moeder met een blik op haar horloge.

'Wat is er aan de hand?' vroeg ik, geïrriteerd door haar vraag, want ik was meteen meegegaan toen ik werd gehaald. 'Wat doen jullie hier?'

'We hebben een afspraak,' zei mijn vader. 'Wij allemaal.'

Drie jongens uit het tweede voetbalteam, het team voor jongens die net niet goed genoeg waren voor het eerste, liepen voorbij en lachten toen ze ons zagen.

'Homo,' zei er één binnensmonds, maar wel zo hard dat we het konden horen.

'Peter Hopkins, wat zei je daar?' vroeg mevrouw Flynn en ze draaide zich naar hem om, maar hij haalde alleen zijn schouders op, negeerde haar en liep verder. Als secretaresse kon ze geen straf uitdelen, dus had zij niet zo veel gezag over ons als de andere volwassenen.

'Iedereen weet het dus?' vroeg mijn moeder aan mijn broer Jason.

'Weet wat?' vroeg hij. 'Hij zei "homo", en aangezien ik dat niet ben weet ik niet wat je bedoelt met: "Iedereen weet het dus?"'

'Je weet precies wat ik bedoel,' zei mijn moeder. 'Doe maar niet zo slim.'

'We zijn hier op school,' zei hij. 'Daar gaat het hier juist om.'

'Klaar nu,' zei mijn vader met stemverheffing. 'Kom op, we hebben al genoeg tijd verspild. De auto staat buiten.'

'Waar gaan we dan heen?' vroeg ik. Op weg naar buiten kwam ik langs de foto's van alle voetbalteams; de serie ging terug tot voor de Eerste Wereldoorlog, tot een foto waarop de jongens diep ongelukkig keken en donkere, trieste ogen hadden, alsof ze al wisten dat hun leven in de knop gebroken zou worden. De foto's hadden me altijd gefascineerd en gaven me een droevig gevoel. Maar op de laatste zag ik mijn broer Jason zitten, vooraan in het midden.

Iemand had met rode viltstift een jurk op hem getekend.

Buiten hield Bradley het achterportier van de ministersauto open. Mijn vader, moeder en ik stapten achterin en mijn broer Jason liep om en ging voorin zitten. Mijn moeder was minister sinds de verkiezingen van twee jaar geleden en Bradley was al die tijd al haar chauffeur. Als ze een goede bui had, kletste ze met hem alsof ze de beste vrienden waren, maar als ze geen goed humeur had deed ze alsof ze nauwelijks wist dat hij bestond. Ik had het vermoeden dat hij niet zo'n hoge dunk van haar had, ook al bleef hij altijd beleefd. Hij kon het beste opschieten met mijn broer Jason. Ze waren allebei voetbalfan, al stonden ze aan weerszijden van de Londense kloof – die tussen Chelsea en Arsenal – en als ze elkaar tegenkwamen, konden ze er eindeloos over praten.

'Je hebt het adres, Bradley?' vroeg mijn moeder en ze haalde haar telefoon tevoorschijn en begon haar mail te checken.

'Ja,' zei hij. 'We zijn er over twintig minuten, plusminus.'

'Bradley,' zei mijn vader en hij boog zich tussen de stoelen door naar voren, 'ik hoef je toch niet te vertellen dat dit een privé...'

'We zijn er over twintig minuten, meneer Waver,' herhaalde Bradley en hij draaide de weg op. Mijn vader bleef een tijdje in dezelfde houding zitten voor hij weer achteroverleunde en uit het raam staarde.

'Kan iemand me alsjeblieft vertellen waar we naartoe gaan?' vroeg ik met een blik op mijn horloge. Ik zou nog twee uur les hebben en eigenlijk had ik me wel verheugd op wiskunde, want we zouden de cijfers van ons proefwerk terugkrijgen. Ik ben best wel goed in wiskunde omdat het niet zo veel met woorden te maken heeft en ik dacht dat ik misschien wel een tien had.

'Heb je gezien wat Simon heeft gezegd over de plaatsing van kernwapens langs de Russische kustlijn?' mompelde mijn moeder terwijl ze op de iPad in haar vrije hand keek.

'Heb ik gezien,' zei mijn vader. 'Heeft hij die tekst vooraf door jou laten goedkeuren?'

'Nou, hij heeft hem wel naar kantoor gestuurd, ja. Maar ik zou niet zo ver gaan dat ik het "laten goedkeuren" wil noemen. Ik denk dat hij Rachel en Bobby uit de tent wil lokken, om te horen waar ze staan. Joe kwam heel snel met een tegenreactie.'

'Gaan we naar huis?' vroeg ik. 'Is er iets gebeurd?'

'Joe probeert nu zelf een slag te slaan,' zei mijn vader. 'Om te zien of er steun voor hem is, als het moment komt.'

'En denk je dat die er is?'

'We zullen het over een paar uur weten.'

'Volgend jaar wordt interessant,' zei mijn broer Jason tegen Bradley. 'Als Chelsea zo doorgaat, kun je eindelijk naar al die Championship-stadions toe die je nog nooit hebt gezien. Dat is echt leuk voor je.'

'Brutale aap,' zei Bradley lachend. 'Jij hoopt zeker weer op een goede vierde plaats, zoals gewoonlijk? Het is slim om geen ambities te hebben. Dan raken jullie niet te teleurgesteld.'

'Dit is niet de weg naar huis,' zei ik. Ik keek uit het raam en zag metrostation Green Park langskomen.

'Meer over de crisis in de zorg op pagina zeven van *The Guardian*,' zei mijn moeder.

'Ik heb horen zeggen dat het Lewis Report aanstaande donderdag uitkomt,' zei mijn vader en hij haalde ook zijn telefoon uit zijn zak en keek erop.

Ik stelde geen vragen meer, want ik had net zo goed niet in de auto kunnen zitten – op school was mijn onzichtbaarheidsmantel van me afgepakt, maar bij mijn familie leek er niets veranderd te zijn – en ik staarde uit het raam. Als we voor een stoplicht stonden, keek ik naar de meisjes. De ministersauto had geblindeerde ramen, dus kon ik staren zo veel ik wilde zonder dat ze het konden zien.

Al snel reden we door een deel van Londen dat ik totaal niet kende en niet veel later stopten we voor een blok hoge gebouwen van rode baksteen, die eruitzagen alsof ze er al eeuwen stonden.

'We zijn er, minister,' zei Bradley, en mijn vader en mijn moeder slaakten een diepe zucht toen ze hun gordels losmaakten, alsof ze stiekem hadden gehoopt dat we nooit zouden aankomen. Net zoals ik altijd deed als ik naar de tandarts werd gebracht.

'Het zou niet langer dan een uur moeten duren,' zei mijn vader.

'Ik mag hier niet parkeren,' zei Bradley. 'Maar ik zoek wel een plekje in de buurt – bel maar als u opgehaald kunt worden.'

'Kun je het ontheffingsvignet niet gebruiken,' vroeg mijn moeder, 'en gewoon hier blijven staan?'

'Dat kan,' zei hij langzaam. 'Als u dat wilt. Maar we zijn hier niet voor officiële zaken, dus dan moet ik aan iedere toevallig langskomende parkeerwacht uitleggen waarom. Die keuze is aan u.'

Het bleef lang stil en mijn vader en moeder keken elkaar fronsend aan. 'Blijf dan maar liever rondjes rijden,' zei mijn vader ten slotte. 'We zien je rond vier uur.'

Mijn vader, moeder en ik stapten uit de auto en pas toen we op straat stonden, besefte ik dat mijn broer Jason nog in de auto zat. Hij staarde strak voor zich uit en keek ons niet aan. Ik keek om me heen en vroeg me af waar we waren, maar ik zag niets wat me bekend voorkwam.

'Jason,' zei mijn moeder en ze klopte op het autoraampje. 'Kom op.'

Hij bleef voor zich uit staren en zei niets.

'Jason!' snauwde ze. 'Ik vraag het geen twee keer. Bradley, kun jij iets doen, alsjeblieft?' vroeg ze op haar meest gefrustreerde toon aan onze chauffeur, maar hij haalde zijn schouders op.

'Ik heb geen schietstoelen,' zei hij. 'We zitten niet in een James Bond-film, ja.'

'Jason!' bulderde mijn vader en hij klopte zo hard op de autoruit dat ik bang was dat het glas zou breken, ook al had Bradley me een keer verteld dat het kogelvrij was. 'Kom er onmiddellijk uit!'

Uiteindelijk gaf hij toe. Hij maakte zijn autogordel los en deed het portier open.

'Best,' zei hij. 'Maar voor de goede orde: ik wil hier niet zijn en ga alleen mee onder protest.'

'En, ook voor de goede orde,' zei mijn moeder, 'dat kan mij niet schelen. En nu meekomen. Je weet nooit wie een plek als deze in de gaten houdt.'

We liepen de treden op en nog voor mijn vader kon aanbellen ging de deur al open. Er verscheen een vrouw van ongeveer zestig jaar, met grijs haar en een bril met dikke glazen. Ze zag eruit als zo'n oma uit een reclamespotje.

'Minister,' zei ze met een glimlach en ze stak haar hand uit. 'Kom toch binnen.'

'Zeg maar gewoon mevrouw Waver, hoor,' zei mijn moeder, al wist ik dat ze het meestal juist fijn vond als mensen haar titel gebruikten.

'Natuurlijk,' zei de vrouw terwijl ze de deur achter ons dichtdeed.

'Ik moet erg voorzichtig zijn, weet u,' zei mijn moeder. 'Als dit zou uitlekken...'

'Daar hoeft u echt niet bang voor te zijn, mevrouw Waver,' zei de vrouw, maar ze keek naar mijn moeder met een gezicht dat leek te zeggen dat ze, als ze ooit had overwogen op haar te stemmen, dat nu zeker niet meer zou doen. 'Niemand weet dat u hier bent en niemand komt het ook te weten. We zijn een uiterst professionele organisatie en ik kan u verzekeren dat u niet de enige bekende cliënt bent die dit pand heeft betreden, en u zult ook niet de laatste zijn.'

'Echt?' vroeg mijn vader. 'O, wie komen er nog meer? Mensen van het politieke front?'

'Dat kan ik natuurlijk niet zeggen, meneer Waver.'

'Ah, kom op. We zullen het aan niemand vertellen.'

Ze negeerde hem en ging ons voor door een gang

met dik tapijt onder onze voeten en saaie oude schilderijen van heuvels en bergen aan de muur. Het rook er naar geurkaarsen en er klonk panfluitmuziek. Het was alsof we in de lift van een luxehotel stonden.

'Als u hier even wilt wachten,' zei de vrouw terwijl ze de deur van een grote kamer opendeed en wij naar binnen stapten, 'dan komt de dokter over een paar minuten bij u.'

Ik liep naar een tafeltje waar een eenzame goudvis rondjes zwom in een glazen kom. Niemand had de moeite genomen er stenen of miniboompjes in te zetten zodat hij ergens naar kon kijken en dat vond ik best gemeen. Ik hield mijn gezicht vlak bij de kom en staarde hem aan, maar hij leek niet geïnteresseerd en bewoog zich door het water alsof hij haast had om een afspraak te halen.

'Hoe kun je zien of een goudvis een jongen of een meisje is?' vroeg ik en ik draaide me om en keek naar mijn ouders.

'Is dat een mop?' vroeg mijn vader. 'Ik weet het niet, hoe kun je zien of een goudvis een jongen of een meisje is?'

'Dat is geen mop,' zei ik. 'Het is een echte vraag. Omdat goudvissen geen piemels hebben.'

'Moet je echt altijd over geslachtsdelen praten?' vroeg mijn moeder met een geïrriteerde blik op mij. 'Het lijkt wel een obsessie voor je.'

'Dat is de leeftijd,' zei mijn vader. 'Het is volkomen normaal.'

‘Dat zal wel fijn zijn, een normaal kind hebben,’ zei mijn broer Jason.

‘O, hou toch op,’ zei mijn moeder en ze rolde met haar ogen. ‘Of wacht op zijn minst tot we binnen zijn. Dan mag je ons de schuld geven van alles wat er mis is met jou.’

‘Ik wist niet dat er iets mis is met mij?’

‘Misschien hebben ze gewoon seks met elkaar en hopen ze er maar het beste van,’ zei ik. ‘Misschien maakt het ze niet uit of ze het met een jongen of een meisje doen.’

‘Zo hebben we er ook een paar in het parlement,’ mompelde mijn moeder.

‘Het stemmen is uitgesteld tot half acht,’ zei mijn vader, nadat zijn telefoon een geluidje had gegeven. ‘Dat geeft ons een beetje lucht.’

‘Goed,’ zei mijn moeder. ‘Ik wil de atmosfeer in de partij peilen voor ik me ergens op vastleg.’

‘De jongens gaan achter de meisjes aan,’ zei mijn broer Jason tegen mij. ‘Ze weten instinctief wie wie en wat wat is. En ze zwemmen tegen de vissen aan die ze leuk vinden. Daar worden de meisjes zo gek van dat ze hun eitjes loslaten en dan bevruchten de jongens ze.’

‘O,’ zei ik. ‘Hoe weet je dat?’

‘Dat heb ik ergens gelezen,’ zei hij schouderophalend.

‘Waar zijn we eigenlijk?’ vroeg ik. ‘Waarom zijn we bij een dokter? Is er iemand ziek?’

‘Ik, blijkbaar,’ zei mijn broer Jason.

‘Hij is niet lichamelijk ziek,’ zei mijn vader. ‘Maar er zijn duidelijk... psychologische kwesties. We dachten dat we, als gezin, met iemand zouden moeten praten om hulp te krijgen.’

‘O,’ zei ik. ‘Dus we zijn hier bij een psychiater?’

‘Bij een psycholoog,’ zei mijn moeder.

‘Wat is het verschil?’

Voor ze antwoord kon geven, ging de deur open en stak de reclameoma haar hoofd weer om de hoek.

‘Sorry voor het wachten,’ zei ze, ‘maar dokter Watson kan u nu ontvangen.’

Ik barstte in lachen uit. ‘Dokter Watson?’ vroeg ik.

‘Inderdaad,’ zei ze tegen me en haar glimlach vervaagde direct. ‘Dokter John Watson. Wat is daar zo grappig aan?’

‘Dokter Jóhn Watson?’ brulde ik.

‘Ja. Vind je dat grappig?’

‘Nou... weet u,’ zei ik, terwijl ik mijn gezicht een beetje rood voelde worden. ‘Sherlock Holmes? Dokter John Watson? Gewoon... Ik vond het grappig, dat is alles.’

‘Ik begrijp niet wat daar grappig aan is,’ zei de vrouw en ze keek diep beledigd. ‘Dokter Watson is een van de besten in zijn vakgebied. Je hebt het recht niet om hem uit te lachen.’

‘O,’ zei ik, op mijn plek gezet. ‘Sorry.’

‘En dan nog iets: je gulp staat open. Misschien wil je die even dichtdoen.’

Ik keek naar beneden, en inderdaad, het klopte. Was dat al de hele dag zo? En als dat zo was, waarom had niemand het dan even gezegd? Soms had ik het gevoel dat niemand zelfs maar wist dat ik bestond.

Door alles wat ik op tv had gezien, verwachtte ik dat dokter Watson een bejaarde man met een Sigmund Freud-baard zou zijn, gekleed in een tweedjasje met leren elleboogstukken, in een spreekkamer die van onder tot boven vol stond met boeken en die aan het eind van de negentiende eeuw voor het laatst was schoongemaakt. Maar tot mijn verrassing was hij best wel jong, niet ouder dan vijfendertig, en liep hij erbij alsof hij met zijn vrienden op weg was naar de kroeg. Hij leek veel op de zanger van Coldplay.

'Erg leuk om jullie te leren kennen,' zei hij, terwijl hij een bank en twee stoelen tegenover hem aanwees. Mijn vader en moeder namen de bank; mijn broer Jason en ik namen de stoelen. 'Jullie zijn vast een beetje zenuwachtig nu je met een vreemde over persoonlijke dingen gaat praten, maar ik verzeker jullie dat dit een veilige plek is. Je wordt hier niet veroordeeld en alles wat binnen deze vier muren gezegd wordt, blijft volkomen vertrouwelijk.'

'Ik ben blij dat u daarover begint,' zei mijn vader en hij haalde een map uit zijn koffertje, met een document van vijf of zes pagina's erin. 'Ik heb hier nog iets wat u even moet ondertekenen voor we verder kunnen. Het is alleen om ons dekking te geven in geval van lekken. Er staat niets ongebruikelijks in. Als u alleen even uw initiaal op elke bladzij kunt zetten, hier, hier en hier, en dan uw handtekening aan het einde. O, en ik moet ook een foto van u maken terwijl u het ondertekent.'

'Ik ben bang dat dat niet gaat,' zei Watson, terwijl hij het document even doorbladerde en weer teruggaf. 'Ik sluit geen juridische overeenkomsten met cliënten. We moeten uitgaan van wederzijds vertrouwen, als we enig succes willen boeken. Maar u begrijpt natuurlijk dat ik gebonden ben aan de eed van Hippocrates, toch? Ik zou uit het register geschrapt worden als ik iets bekend zou maken wat hier is besproken.'

'Dat begrijp ik,' zei mijn vader, maar hij keek niet erg overtuigd. 'Maar we zouden ons toch een stuk zekerder voelen als...'

'Het geeft niet,' onderbrak mijn moeder hem hoofdschuddend. 'Hij is arts. Natuurlijk blijft alles vertrouwelijk.'

'Heeft iemand u wel eens verteld dat u sprekend op Chris Martin lijkt?' vroeg mijn broer Jason, en Watson knikte.

'Dat hoor ik vaak,' zei hij. 'Maar ik kan niet zingen.'

'Nou, hij ook niet. Wat gaat u doen, *try to fix me*?'

Met zijn vingers maakte hij aanhalingstekens in de lucht toen hij *fix me* zei, net als mijn moeder had gedaan toen ze het woord 'transgender' gebruikte. Ik vroeg me af of ik dat moest zeggen, maar besloot dat het beter was van niet.

'Hou je van muziek, Jason?' vroeg Watson na een korte stilte, waarin ik een lachje onderdrukte en mijn broer glimlachte.

'O, we zijn al begonnen, hè?' vroeg hij. 'Subtiel.'

'Nee,' antwoordde hij hoofdschuddend, en hij lachte. 'Niet echt. Het was gewoon een vraag, meer niet.' Hij keek ons allemaal een voor een aan. 'Goed,' zei hij, terwijl hij zijn handen even tegen elkaar zette. 'Waarom vertellen jullie me niet wat jullie vandaag hierheen heeft gebracht.'

Het bleef lang stil. Mijn moeder en vader keken alsof ze niet goed wisten wat ze moesten zeggen; mijn broer Jason zat met zijn armen over elkaar en ik wist het hoe dan ook niet.

Uiteindelijk sprak mijn moeder.

'We hebben een probleempje, dokter,' zei ze. 'Onze zoon Jason maakt een soort identiteitscrisis door.'

Weer een lange stilte.

'Oké,' zei Watson. 'En hoe is die identiteitscrisis aan het licht gekomen?'

'Hij is gek geworden,' zei mijn vader.

Watson glimlachte. 'Misschien kunnen we de diagnoses overlaten aan mensen met medische vakkennis,' zei hij. 'Jason, waarom vertel jij me niet waar ze het over hebben?'

'Waarschijnlijk weet u het al als u naar me kijkt.'

'Waarom denk je dat?'

'Vanwege mijn haar,' zei hij. 'En omdat ik mascara opheb.'

'Dat is iets nieuws,' zei mijn vader. 'Make-up, bedoel ik. Dat is vandaag voor het eerst.'

'Ik heb mascara opgedaan omdat ik de deur uit moest,' zei mijn broer Jason uitdagend. 'Ik heb me ook gedoucht en mijn haar gekamd.'

'Ja, dat zie ik. Maar ik heb nog steeds liever dat je het zelf onder woorden brengt. De manier waarop je je presenteert zegt me eigenlijk niets.'

'Goed dan,' zei hij. Hij keek naar het raam en nam lang de tijd voor hij antwoord gaf. Toen hij het deed, sprak hij heel zorgvuldig, zacht, en ik wist dat hij al zijn woorden op een goudschaaltje legde voor hij ze uitsprak, zodat ze stuk voor stuk precies zouden uitdrukken wat hij dacht. 'Ik ben geboren als jongen, maar al zo lang als ik me kan herinneren geloof ik dat er een soort vergissing is gemaakt. Door God of zo. Het is alsof het lichaam dat ik heb, niet is wat ik zou moeten hebben. De waarheid is dat ik altijd heb geloofd dat ik eigenlijk een meisje ben. Ik heb die gevoelens mijn hele leven opgekropt en er nooit iets over gezegd, tot pasgeleden. Ik durfde er niet over te praten, denk ik. Bang voor wat het zou betekenen. Maar op een of andere manier heb ik dat paniekerige gevoel nu niet meer. Ik wil het begrijpen. Ik wil ontdekken hoe ik de "ik" kan zijn die ik denk dat ik ben en hoe ik mijn leven kan leven zoals ik dat hoor te doen. Op dit moment voelt elke dag die ik als Jason leef als vierentwintig uur oneerlijkheid. En ik wil geen oneerlijk mens zijn.'

'Ziet u wel?' vroeg mijn vader en hij gooide zijn handen in de lucht en tikte een paar keer met zijn vinger tegen de zijkant van zijn hoofd, als een specht die op een boom aanvalt. 'Gek! Totaal van het padje af!'

'Meneer en mevrouw Waver,' zei de arts, 'misschien is het beter als ik Jason alleen spreek. Dat soort uitspraken helpen niet bepaald.'

'Nee,' zei mijn moeder opstandig. 'Nee, het is belangrijk dat we hier deel van uitmaken. Ik wil het begrijpen. En dat geldt ook voor mijn man. Hij meende niet wat hij zei. Bied je excuses aan, Alan.'

'Sorry,' zei mijn vader, een beetje op zijn plek gezet.

'Ik denk alleen dat Jason vrijer durft te praten als...'

'Niet beledigend bedoeld, dokter,' zei mijn moeder, terwijl ze hem recht aankeek, 'maar hij is onze zoon. En wat we hier ook van vinden, we willen erbij betrokken zijn, begrijpt u? We móéten hierbij betrokken zijn.'

Ik zag mijn broer Jason haar even aankijken en de vijandigheid op zijn gezicht verdween. Er kwam een half glimlachje voor in de plaats, net als bij mijn moeder. Ze keek zelfs alsof ze zijn hand wilde pakken, maar dat gebeurde niet.

'Dank je,' zei hij. 'Dat is belangrijk voor me. Daarom heb ik het jullie zo vroeg al verteld. Ik kan dit niet zonder jullie.'

'Maar het probleem is dat je überhaupt vindt dat je het moet doen,' zei ze zacht en ze keek alsof ze bijna ging huilen.

'Jason,' zei Watson na een lange stilte, op net zo'n beheerste toon als mijn broer. Ik vond dat hij een prettige stem had; hij klonk kalmerend. 'Je bent zeventien en je bent een paar heel belangrijke dingen aan het uitzoeken. Ik denk dat we allemaal weten – ik denk dat jíj ook weet – dat je op zijn allerminst wel wat steun kunt gebruiken bij hoe het nu verder moet.'

'Ja, vast wel,' stemde hij in.

'Kan er een of ander trauma uit de kindertijd achter zitten?' vroeg mijn moeder. 'We hebben altijd veel au pairs gehad en misschien heeft een van hen... ik weet het niet, iets met hem gedaan? En heeft hij dat geblokkeerd in zijn hoofd. Misschien kunt u hem helpen die herinneringen terug te vinden? Met hypnose, misschien? En als hij dat allemaal naar boven krijgt, zal dit allemaal vanzelf verdwijnen en kunnen we weer gewoon gaan doen.'

'Ziet u veel films, mevrouw Waver?' vroeg Watson.

'Niet echt,' zei mijn moeder. De vraag leek haar te verrassen. 'Een paar maanden geleden heb ik die film over Winston Churchill gezien. En die waarin Meryl Streep Thatcher speelde. Ik heb het natuurlijk heel druk met mijn werk en ik krijg niet vaak de kans om naar de bioscoop te gaan. Waarom vraagt u dat?'

'Omdat dat precies is hoe het vaak in films gaat,' zei hij, 'maar niet zo vaak in het echt.'

'Nou,' zei mijn moeder met een blik op mijn vader alsof ze verwachtte dat hij haar zou verdedigen, 'ik weet niet of dat waar is.'

'Waar het mij om gaat, is dat u er sterk op gericht lijkt om Jason weer terug te veranderen in de jongen die hij vroeger was,' ging Watson verder. 'Alsof er iets mis met hem is en we dat kunnen repareren. Zou het niet beter zijn om te accepteren dat hij zelf weet wat hij wil en vindt dat dit de juiste keuze voor hem is?'

Mijn moeder nam ruim de tijd voor ze antwoord gaf, en deed dat toen met een zachte stem. 'Dat zal wel,' gaf ze toe. 'Ik ben alleen bezorgd dat hij misschien een moeilijk leven krijgt. Mensen hebben zo veel vooroordelen. Wil ik dat hij 's avonds door een groepje dronken tuig in elkaar wordt geramd, alleen omdat zijzelf te onzeker zijn om anderen te laten zijn wie ze willen zijn?'

'Natuurlijk niet.'

'Ik probeer een zo goed mogelijke moeder voor hem te zijn,' ging ze verder, nu wat harder. 'Ik doe wat ik denk dat goed voor hem is. Ik wil gewoon niet dat hij lijdt, dat is alles.'

Een moment lang zeiden we geen van allen iets, terwijl we dit tot ons door lieten dringen. Ik kreeg de indruk dat de dokter wilde dat we mijn moeders woorden goed lieten bezinken. Ze moest een beetje huilen en toen mijn vader haar een zakdoek aanbood, wuifde ze hem weg en veegde ze haar tranen weg met de rug van haar hand. Toen draaide ze zich om, keek uit het raam en staarde naar de straat.

'Jason had het over zijn haar,' zei mijn vader voorzichtig. 'Ik vind het tamelijk gênant als hij er zo'n paardenstaart in heeft. Hij ziet er zo vrouwelijk mee uit.'

'Dank je,' zei mijn broer Jason.

'En zoals u ziet moet hij zo nodig mascara op. Wat is het volgende? Lippenstift? Parfum? Hoge hakken en een cocktailjurk?'

Ik schoot overeind in mijn stoel omdat ik ineens moest denken aan de Heel Vreemde Middag, toen ik vroeger dan anders uit school was gekomen en mijn broer Jason me naar de werkkamer van mijn moeder beneden had gestuurd en ik de keuken niet in mocht. En later had ik parfum geroken en een spoor lippenstift op zijn gezicht gezien, en had ik gedacht dat er een meisje bij hem in huis was. Nu begreep ik het. Hij had natuurlijk gedacht dat hij het huis een paar uur voor zich alleen had en had zich mooi aangekleed.

'Mensen staren hem na,' voegde mijn moeder eraan toe, terwijl ze naar voren boog en de arm van de dokter aanraakte. 'En dan kijken ze naar ons en dan weet ik precies wat ze denken.'

'Wat denken ze dan?' vroeg Watson.

'Ze denken: dat komt allemaal door de ouders.'

'Wat dan precies?'

'Wat hij geworden is.'

'En wat is hij dan geworden? In uw ogen?'

'Een ander mens,' zei mijn vader.

'En is dat wat hierin belangrijk is? Hoe de mensen u zien?'

'Ja,' zei mijn vader. 'Nee. O, ik weet het niet. Ik kan onmogelijk ter plekke het goede antwoord bedenken.'

'Ik wil ook niet het góéde antwoord,' zei Watson en nu was het zijn beurt om aanhalingstekens in de lucht te maken. 'Ik wil eerlijke antwoorden, meer niet.'

'En die probeer ik ook te geven. Wil ik dat mijn zoon gepest wordt? Nee, natuurlijk niet. Dat heeft mijn vrouw al aangegeven. Denk ik dat dit op een bepaalde manier op mij afstraalt? Ik ben ook maar een mens, natuurlijk denk ik dat. Kunt u op zijn minst erkennen dat ik recht heb op mijn eigen gevoelens?'

'Voor zover ze u betreffen, ja. Maar zijn uw gevoelens hier het belangrijkst?'

Mijn vader schudde zijn hoofd; hij wilde er niet aan. 'Is er misschien een antibioticakuur die u hem kunt geven? We vroegen ons af of elektroshocktherapie nog bestaat en of u denkt dat het helpt? We staan overal voor open, zelfs als er enig ongemak bij komt kijken.'

'Voor wat het waard is,' zei dokter Watson, nu tegen mijn broer, 'ik vind je haar mooi. Maar zoals je ziet wordt het mijne bovenop wat dun, dus waarschijnlijk is dat gewoon de kift.'

'Moedig hem nu niet aan,' zei mijn moeder geïrriteerd. 'Ik weet dat muzikanten denken dat alles zomaar kan...'

'Ik ben geen muzikant,' zei hij. 'Ik ben niet echt Chris Martin.'

'Ik bedoel, psychologen. Het spijt me, maar de gelijkenis is zo sterk dat het een beetje verwarrend is. Ik weet dat psychológen denken dat alles zomaar kan, maar het lijkt me niet zo handig om hem aan te moedigen.'

'Maar jullie hebben me ook altijd aangemoedigd,' zei Jason. 'Met voetbal, bijvoorbeeld.'

'Dat is iets anders.'

'En jullie moedigen Sam aan bij zijn leesproblemen.'

'Ook iets anders.'

'Jullie moedigen ons eigenlijk veel meer aan dan jullie zelf denken,' ging mijn broer Jason verder en zijn stem werd nu zachter. 'Ik weet dat je vooruit wil komen op het glibberige pad naar de top, maar jullie zijn voor het grootste deel erg goede ouders. Jullie prijzen ons als we goede resultaten halen, jullie worden niet boos als dat niet zo is. Jullie luisteren altijd naar wat we zeggen, en niemand heeft ons ooit geslagen, behalve als papa een krant oprolt en ons ermee op ons hoofd slaat. Hebben jullie in de gaten dat ik op die avond, dat ik naar beneden kwam om met jullie te praten, dat deed omdat ik jullie vertrouw? Ik wist zeker dat jullie het zouden begrijpen en me zouden helpen. Jullie zijn hier niet degenen die het moeilijk hebben, dat ben ik.'

Ik keek mijn ouders even aan en een tijdje zei niemand iets. Mijn moeder keek mijn broer Jason aan met een blik die liefde uitstraalde, en totale verwarring, en even later veegde ze haar ogen droog. Mijn vader pakte haar hand vast. Hij keek naar de grond en begon zenuwachtig met zijn voet te tikken.

'We proberen je te helpen,' zei mijn moeder ten slotte. 'Maar is het zo verkeerd dat we niet willen dat je jezelf in een meisje verandert?'

'Ik verander mezelf niet in een meisje,' zei hij. 'Ik bén een meisje.'

'Dat ben je niet!' hield mijn vader vol. 'Je bent een jongen. En we willen niet dat je nu iets doet wat later een negatief effect op je leven kan hebben. Er lopen daarbuiten erg kortzichtige mensen rond.'

'Er lopen hierbinnen ook kortzichtige mensen rond,' mompelde mijn broer Jason.

'Dat is niet eerlijk!' riep mijn moeder, en ze keek hem weer aan. Haar ogen waren nu heel rood en ze zag eruit alsof ze midden in het hooikoortsseizoen zat. 'We doen ons best. Kun je daar dan helemaal geen waardering voor opbrengen?'

'Je zegt dat je dat gevoel altijd al hebt gehad,' zei dokter Watson tegen mijn broer Jason. 'Kun je ons daar iets meer over vertellen?'

We keken nu allemaal naar hem en weer duurde het lang voordat hij antwoord gaf. 'Toen ik klein was,' zei hij uiteindelijk, 'wilde ik liever meisjesspeelgoed dan jongensspeelgoed hebben. Ik vroeg een poppenhuis met Kerstmis, maar dat mocht ik nooit hebben van mijn ouders.'

'Dat is nooit gebeurd,' zei mijn moeder en ze wendde haar blik af.

'Wel waar,' zei hij. 'Ik heb er weken om gesmeekt, en jullie zeiden dat ik helemaal niets zou krijgen als ik er nog één keer om zou vragen, want de Kerstman komt niet bij jongens die om meisjesdingen vragen. Ik denk dat ik toen een jaar of vijf was.'

Meer stilte. Mijn vader en moeder staarden hem aan, hun kaken strak, maar ze zeiden niets.

'Ga door,' zei Watson.

'En zelfs de boeken die ik wilde lezen waren andere dan die ik kreeg. Ik wilde *Nancy Drew*, maar in plaats daarvan kreeg ik *The Hardy Boys*. Op school ging ik liever met meisjes om. Ik voelde me veiliger tussen meisjes, alsof ik daar thuishoorde. Maar ik kon natuurlijk niet de hele tijd tussen de meisjes zitten. Ik moest bij de jongens zijn. Maar ik heb nooit het gevoel gehad dat ik daar thuishoorde.'

'Maar ik begrijp dat je erg sportief bent? Aanvoerder van je voetbalelftal?'

'Klopt, ja,' zei hij. 'Maar wat heeft dat ermee te maken?'

'Ik noem het alleen omdat voetbal traditioneel gezien beschouwd wordt als iets voor mannen.'

'Dat geldt ook voor politiek,' antwoordde hij. 'Maar kijk eens naar mijn moeder. Had zij geen ambities mogen hebben omdat ze een vrouw is? Natuurlijk niet! En nu is ze minister, met een half oog op de hoogste post.'

'Dat is niet helemaal waar,' zei mijn moeder snel, terwijl ze Watson strak aankeek. 'Per slot van rekening is er nu geen vacature en hoewel men nooit uit moet zijn op eigen gewin, zou het, als collega's...'

‘Ik hóú gewoon van voetbal,’ ging mijn broer Jason verder, dwars door mijn moeder heen. ‘En ik ben er ook goed in. Ik ben de beste van mijn klas, dat zegt iedereen. Daar hoef ik me toch niet voor te verontschuldigen?’

‘Arsenal Academy wilde hem aannemen,’ zei mijn vader. ‘Hij zei nee.’

‘Ik kon het niet,’ zei mijn broer Jason, en ik zag nu dat hij emotioneel begon te worden, want zijn stem klonk gebroken en hij keek meer naar de grond dan naar een van ons. ‘Die hele sfeer daar... Ik had het niet gekund. Zíj vonden dat ik het wel moest doen – mijn ouders, bedoel ik. Ze zeiden dat het goed voor mijn moeders carrière zou zijn als ik profvoetballer werd.’

‘Jij laat het klinken alsof we dat wilden om er zelf beter van te worden,’ zei mijn moeder. ‘We dachten alleen aan jou. Profvoetballers verdienen veel geld. En jij houdt van voetbal! We probeerden je aan te moedigen in iets wat jouw passie is.’

‘Alstublieft, mevrouw Waver,’ onderbrak Watson haar. ‘Laat Jason uitpraten.’

‘Ik houd hem niet tegen,’ mompelde ze. Ze klonk als een kind dat een standje had gekregen.

‘Er is geen wet die meisjes verbiedt om te voetballen,’ ging hij verder. ‘Als we wedstrijden spelen, komen ze allemaal kijken. En weet je, in Amerika voetballen er meer vrouwen dan mannen. Ja, het is toevallig gewoon de sport die ik leuk vind, en wat is daar mis mee? Ik heb geen interesse in... Ik weet het niet... volleyballen of zo. Dingen die we meer met meisjes associëren. En het feit dat ik me een meisje voel, hoeft toch niet te betekenen dat ik alles leuk moet vinden wat meisjes doen, toch? Mijn vader kijkt graag naar stijldansprogramma's. Mijn moeder houdt van documentaires over bouwvakkers. Ik vind niet dat we er een punt van moeten maken dat ik toevallig van voetballen hou. Dat is gewoon een genderstereotype.'

'Die kreet zal hij wel van internet hebben,' zei mijn moeder, terwijl ze met haar ogen rolde. 'Hij is heel modern, zoals u ziet.'

Watson knikte langzaam en nadenkend. Toen leunde hij achterover in zijn stoel en keek in mijn richting.

'In zekere zin,' zei hij tegen mijn vader en moeder, 'verrast het me dat u Sam vandaag hebt meegenomen.'

'Waarom?' vroeg mijn moeder. 'Hij hoort ook bij het gezin.'

'Nee, het is goed, dat zeker,' antwoordde hij. 'Hij mag niet buitengesloten worden bij de veranderingen die thuis gaande zijn. Maar hebt u aan Jason gevraagd of hij Sam erbij wilde hebben?'

'Ze hebben me niet eens gevraagd of ík erbij wilde zijn,' zei mijn broer Jason.

Daar dacht Watson even over na. Hij schreef iets op voordat hij zich tot mij wendde. 'Hoe oud ben je, Sam?'

'Dertien,' zei ik.

'En begrijp je waar we het over hebben? Wat je broer zegt? De dingen die hij voelt?'

Ik knikte vaag. 'Ja,' zei ik. 'Zo'n beetje. Denk ik. Niet echt. Nee.'

'En wat voor gevoel krijg je ervan?'

Ik zei heel lang niets. Ik wilde niet gemeen zijn, maar ik wilde ook niet oneerlijk zijn.

'Sam, wat voor gevoel krijg je ervan?' vroeg hij nog een keer.

'Ik vind het niet leuk,' zei ik.

'Waarom niet?'

'Omdat hij mijn grote broer is. En nu zegt hij dat hij mijn grote zus wil zijn. En ik wil geen grote zus.'

'Eerlijk gezegd maken we ons veel zorgen over de gevolgen hiervan voor Sam,' zei mijn moeder. 'Stel dat hij op een dag wakker wordt en besluit dat hij... Ik weet het niet... een kangoeroe wil zijn of zo?'

'O, in godsnaam!' riep mijn broer Jason. 'Dat is toch iets heel anders! Ik wil geen kangoeroe zijn. Ik zeg dat ik, diep vanbinnen, geloof dat ik een meisje ben, dat is alles! En jij vergelijkt dat met iemand die een dier wil zijn? Weet je wel hoe dat voor mij...'

'Jason, zo spreek je niet tegen je moeder,' zei mijn vader.

'Ik vergelijk je niet met een dier,' zei mijn moeder. 'Goed, dat was een slechte woordkeus. Het spijt me. Maar je moet toegeven, zeggen dat je een meisje wil zijn terwijl je overduidelijk een jongen bent...'

'Hij heeft een piemel.'

'... is volslagen belache...'

'Ik zei toch dat ik hier niet wilde zijn,' zei mijn

broer Jason, en hij stond woedend op en beende naar de deur. 'Jullie luisteren niet eens naar wat ik zeg.'

'Volgens mij luisteren ze wel, Jason,' zei Watson. 'Maar je moet ook naar hen luisteren.'

'Nee, ze beledigen me alleen maar. Het spijt me, dokter, maar ik moet hier weg.'

'Misschien kunnen we een andere keer verder praten, Jason?' vroeg hij. 'Alleen wij tweeën? Dat is toch in orde, mevrouw Waver? Meneer Waver?'

Mijn vader en moeder knikten. 'Natuurlijk,' zei mijn moeder. 'Als dat beter is. We willen alleen maar helpen en het begrijpen en...'

Maar mijn broer Jason was de kamer al uit gegaan en had de deur achter zich dichtgeslagen.

We zaten in stilte bij elkaar toen hij weg was en ik keek op mijn horloge. Ik wilde naar huis. Ik wilde op mijn bed liggen, mijn ogen sluiten en doen alsof dit allemaal niet gebeurde.

'U hebt nog geen antwoord gegeven op mijn vraag over elektroshocktherapie,' zei mijn vader ten slotte. 'Zeg eens, wordt dat tegenwoordig nog gedaan?'

5
De paardenstaart

Uiteindelijk maakte het niet uit hoeveel mijn broer Jason van voetballen hield of hoe goed hij erin was; hij besloot hoe dan ook uit het team te stappen. Coach O'Brien kwam op een avond bij ons thuis, met een gezicht alsof hij nog liever met zijn tong een gat naar het middelpunt van de aarde zou graven dan het gesprek voeren waarvoor hij bij ons kwam.

Ik had coach O'Brien nooit zo aardig gevonden. Omdat mijn broer Jason zo goed was in sport, verwachtte hij dat ik dat ook zou zijn, maar ik kon nauwelijks een bal wegtrappen zonder om te vallen. En toen ik vroeger gymles van hem had, schreeuwde de coach altijd tegen me als ik iets stoms deed en zei dingen als: 'Hoe kan iemand als Jason Waver zo'n waardeloos broertje hebben? Je speelt als een meisje, Sam – waarom ga je niet naar huis om thee te drinken met je barbies?' Wat best wel ironisch was, want als ik als een meisje speelde zou ik, volgens mijn broer Jason, spelen zoals híj, en dan zou ik juist heel goed zijn.

Toen de coach in zijn trainingspak in onze woonkamer ging zitten, zag ik mijn moeder naar zijn sportschoenen kijken en zich afvragen of hij het tapijt vies zou maken. Mijn vader bood hem een kop thee aan en hij zei nee, maar als er een biertje was wilde hij dat wel.

'Het spijt me dat ik onaangekondigd langskom,' zei hij, nadat hij het halve flesje in één teug leeg had gedronken, 'maar er gaat op dit moment een gerucht door school. Een gerucht over Jason, bedoel ik. En het leek me goed om even te praten.'

'Wat voor gerucht?' vroeg mijn moeder, die die dag eerder was thuisgekomen dan anders en in een moorddadig humeur was omdat de premier in een interview had gezegd dat hij zich half zo oud voelde als hij was en zo veel energie had dat hij nog heel lang door kon gaan.

'Gewoon... een gerucht,' zei coach O'Brien. 'Maar als het waar is, moeten we er iets mee. Ik weet natuurlijk wel dat je geen aandacht moet besteden aan roddels, maar...'

'Ik ben politicus, meneer O'Brien,' zei mijn moeder met een geduldige glimlach. 'Ik ben de hele dag bezig met roddels. Waarom vertelt u ons niet gewoon wat u hebt gehoord, dan kunnen wij er iets aan doen.'

'Het is vast onzin,' zei hij met een blik op mijn broer Jason, die daar zat met zijn haar in een paardenstaart en een nieuw T-shirt aan dat eruitzag alsof het eerder op de damesafdeling dan de herenafdeling was gekocht. 'Het zit zo... U weet dat ik altijd een groot fan van Jason ben geweest. Hij is de beste voetballer die we hebben. De beste die we in jaren hebben gehad, als u het mij vraagt. En daardoor is hij altijd een van de populairste jongens van de school geweest.'

'Sorry,' onderbrak mijn moeder hem. 'Zegt u nu dat hij populair is omdát hij goed kan voetballen, of is hij populair en toevallig ook nog goed in voetbal?'

Coach O'Brien was van zijn stuk gebracht. 'Het spijt me,' zei hij. 'Ik zie het verschil niet echt.'

'Doet er niet toe,' zei ze. 'Ga door.'

'Waar het om gaat is dit,' ging hij verder. 'Ik ben bang dat er iets is gebeurd tussen Jason en een paar andere jongens uit het team. Een soort ruzie. U weet hoe het is op een school – er gaan de hele tijd geruchten rond en meestal zijn ze pure flauwekul. Maar deze roddel moeten we meteen de kop indrukken.'

Korte tijd zei niemand iets. Ik keek naar mijn vader en moeder, die naar de grond staarden met een uitdrukking op hun gezicht die ik niet goed herkende. Het leek wel of ze beledigd waren namens mijn broer Jason.

'Kunt u wat duidelijker zeggen wat u precies hebt gehoord?' vroeg mijn vader ten slotte. 'Zodat we precies weten waar we het over hebben.'

'Misschien moet Sam even de kamer uit,' zei de coach met een knikje in mijn richting. 'Hij is een beetje jong voor...'

'O, ik zou me over hem maar geen zorgen maken,'

zei mijn moeder. 'Ik heb lang geleden al geleerd dat het geen zin heeft om te proberen hem ergens buiten te houden. Dan luistert hij toch wel aan de deur. U kunt er net zo goed mee voor de draad komen, wat het ook is.'

'Nou,' zei hij, zonder ons aan te kunnen kijken; ik zag dat hij iets ging zeggen wat veel vastberadenheid van hem vroeg. 'Sommige jongens zeggen dat Jason... u weet wel...'

'Dat ik wat?' vroeg mijn broer Jason.

'Een kannibaal is?' vroeg mijn vader. 'Een vampier? Frans?'

'Uit het elftal wil stappen,' zei coach O'Brien en hij slikte zenuwachtig. 'Dat hij geen voetbal meer wil spelen.'

'O,' zeiden mijn vader en moeder in koor. Dit was duidelijk niet wat ze hadden verwacht.

'Ik heb niet gezegd dat ik geen voetbal meer wil spelen,' zei mijn broer Jason.

'Ik wist het,' zei coach O'Brien, die met een zucht van pure opluchting achteroverleunde. Ik geloof niet dat ik ooit iemand zo blij heb zien kijken. 'Ik zei het al. Iemand die een vrije trap kan nemen zoals Jason Waver zou nooit stoppen met iets waar hij zo goed in is. Dat zou helemaal nergens op slaan.'

'En dit is het gerucht dat u met ons wilde bespreken?' vroeg mijn vader, met iets sceptisch in zijn stem.

'Eh, ja,' zei coach O'Brien, schouderophalend. 'Dat elftal is heel belangrijk voor me. Als Jason zou stoppen...'

'Het spijt me,' zei mijn moeder. 'Het lijkt alleen... ach, is dit het énige wat u met ons wilde bespreken?'

Coach O'Brien krabde op zijn hoofd en keek ons een voor een aan. 'Ik geloof het wel,' zei hij langzaam. 'Tenzij er iets is waarover u met mij wil praten?'

'Jonge mensen kletsen natuurlijk,' zei mijn moeder. 'En ik durf te wedden dat ze hebben geroddeld over Jasons... probleem.'

'Welk probleem?' vroeg coach O'Brien, die er helemaal niets meer van leek te begrijpen.

'Dat ik aan mensen heb verteld dat ik transgender ben, natuurlijk,' zei mijn broer Jason. 'U doet toch niet alsof u dat niet hebt gehoord?'

'Dat heb ik wel gehoord, ja,' zei de coach, schouderophalend. 'Maar ik zou niet weten wat dat met voetballen te maken...'

'Dus u bent hier niet om te zeggen dat hij niet meer mag spelen?' vroeg mijn moeder en ze keek hem verbluft aan.

'Waarom zou ik in vredesnaam niet willen dat hij speelt?' vroeg hij.

'En de andere jongens in het team? Maken die geen bezwaar? Of hun ouders?'

'O, een paar wel,' gaf hij toe. 'Sommige jongens hebben bepaalde dingen gezegd. En ik heb een paar brieven van ouders gekregen. Maar ik heb ze allemaal hetzelfde antwoord gegeven.'

'En dat is?'

'Dat het mij geen bal uitmaakt of Jason zich wil verkleden als Grote Smurf of als buitenaards wezen wil leven. Dat gaat mij niks aan. Maar voetbal! Voetbal, ja! Dat is iets anders. Dat is echt belangrijk! En al dat andere, wat maakt dat nou uit? Hij doet er niemand kwaad mee.'

Ik keek naar mijn broer Jason en we vingen elkaars blik. We keken allebei even ongelovig en we konden het niet helpen: we barstten in lachen uit.

'Ik zie niet in wat er zo grappig aan is,' zei coach O'Brien, terwijl hij van de een naar de ander keek. 'En ik heb trouwens een ontzettend droge keel gekregen.' Mijn vader vatte de hint, stond op en ging nog twee flesjes uit de keuken halen. Hij gaf er eentje aan de coach en hield het andere zelf.

'Voor alle duidelijkheid,' zei mijn moeder met de glimlach die ze opzette als ze vragen van de andere kant van het Lagerhuis moest beantwoorden. Op dat soort momenten sprak ze altijd alsof haar tegenstander een totale nitwit was en ze niet eens de moeite zou nemen diens vragen aan te horen als de grondwet haar daartoe niet verplichtte. 'U komt hier niet om te klagen of om te zeggen dat Jason niet meer in het elftal mag spelen. U komt hem juist aanmoedigen om te blijven spelen.'

'Dat klopt,' zei coach O'Brien.

'U zei dat een paar jongens bezwaar hadden gemaakt,' zei mijn broer Jason. 'En dat u brieven van ouders had gekregen. Van wie precies?'

'Volgens mij maakt dat niet uit,' antwoordde hij.

'Voor mij wel. Ik speel al jaren met die jongens. Met sommige al vanaf mijn zesde. Ik wil graag weten wie er moeilijk doen.'

De coach haalde zijn schouders op en ratelde toen de namen van een paar jongens af. Ik kende ze allemaal. De meeste waren pestkoppen, die me over het algemeen met rust hadden gelaten omdat ze mijn broer goed kenden, maar ik wist hoe ze een paar kleinere jongens behandelden en dat was niet aardig.

'Maar dat zijn mijn vrienden,' zei mijn broer Jason, nu met zachtere stem, en hij zonk achterover in zijn stoel.

'Maar misschien...' zei mijn moeder, en ik zag dat ze haar woorden nu heel zorgvuldig koos. 'Misschien kun je je indenken dat je de andere spelers een ongemakkelijk gevoel geeft?' vroeg ze. 'Zoals je al zei, Jason, het zijn je vrienden over wie we het hebben. Je kent ze al je hele leven.'

'Ik kan er niets aan doen hoe iemand anders zich voelt,' zei hij zacht.

'Maar als de ouders brieven aan coach O'Brien schrijven, gaan ze misschien ook wel brieven aan de krant sturen? En stel je eens voor hoe pijnlijk dat voor jou zou zijn,' zei ze. 'Misschien ligt daar ook wel een kans. Als je dit probleem nu nog een jaar laat rusten, tot je klaar bent met school. En je zorgt dat zo min mogelijk mensen erachter komen. Dan kun je in de tussentijd uit het team stappen en zeggen dat je besloten hebt met buitenschoolse activiteiten te stoppen om je helemaal op het leren te richten.'

'Maar hij kan het team niet uit!' riep coach O'Brien. 'Hij is onze beste speler! Of zij! Wat het goede woord ook is.'

Ik staarde hem ongelovig aan. Ik had nog nooit iemand mijn broer Jason 'zij' horen noemen, en dat de voetbalcoach het als eerste deed, vond ik wonderlijk.

'Nee, dat lijkt me het beste,' zei mijn moeder, die opstond om aan te geven dat het tijd was dat de coach zou vertrekken. 'En bedankt voor uw begrip. Ik beloof u dat dit allemaal zo snel mogelijk wordt opgelost. We hebben een geweldige psycholoog die met Jason aan de slag is en hopelijk is alles snel weer normaal.'

'Maar het team!' zei coach O'Brien.

'Is niet onze zorg.'

'Nee, maar Jason wel,' zei hij. 'Wil je stoppen?' vroeg hij, terwijl hij hem aankeek vanaf de andere kant van de kamer.

Ik verwachtte dat hij nee zou zeggen, maar ik zag dat hij van streek was omdat hij zo weinig steun kreeg van de andere spelers, ook al was hij vast verrast, net als ik, door de begripvolle reactie van de coach.

'Nou, laten we het dag voor dag bekijken,' zei coach O'Brien op niet zo overtuigende toon. 'En dan zien we wel wat er gebeurt.'

Hij gaf mijn ouders een hand, negeerde mij totaal en liep toen naar mijn broer Jason. Hij sloeg zijn armen om hem heen en gaf hem een stevige omhelzing. Misschien zou ik hem nu toch aardig moeten vinden.

Het was erg ingewikkeld. Alweer iets om over in de war te raken zelfs.

Toen hij weg was, kwamen mijn ouders met woedende gezichten de woonkamer in.

'Zie je nou wel!' zei mijn moeder. 'Het is een kwestie van tijd voor de kranten erachter komen. Hoe kun je me dit aandoen, Jason?' riep ze uit. 'Je bent de meest *egoïstische, onverantwoordelijke...*'

'Ik heb niets gedaan!' zei hij en hij zakte voorover in zijn stoel en begon met harde, hikkende snikken te huilen, en ik wilde naar hem toe rennen en mijn armen om hem heen slaan, maar ik kon het niet. Het was alsof mijn voeten aan het tapijt zaten vastgeplakt. 'Hou alsjeblieft op met tegen mij schreeuwen!'

'Ik hou niet op met schreeuwen voor je een einde maakt aan deze onzin,' zei mijn moeder. 'Je maakt mijn carrière nog kapot en je eigen leven ook, als je niet uitkijkt, maar dat kan je helemaal niet schelen, hè? O nee! Daar denk je geen seconde over na. En ga in hemelsnaam naar de kapper! Je loopt er belachelijk bij!'

Toen mijn broer Jason ten slotte toegaf aan mijn ouders en zei dat hij met voetballen zou stoppen, vroeg ik of hij het dan niet zou missen om bij een team te horen. Hij schudde zijn hoofd en zei dat hij daar nooit veel om gegeven had, maar ik wist dat dat niet waar was. Vanaf dat moment zat hij heel vaak alleen in zijn kamer en zei hij dat ik weg moest gaan als ik aanklopte. Vroeger mocht ik altijd op zijn bed liggen als hij muziek draaide, of anders lag hij daar zelf languit een boek te lezen terwijl ik aan zijn bureau mijn huiswerk zat te maken. Hij hielp me ook niet meer met lezen, wat ik heel erg vond, want ik kreeg altijd meer zelfvertrouwen als hij er was om me te helpen. Hij had geduld en gaf me niet het gevoel dat ik stom was als de woorden over de bladzijden dansten in plaats van stil te staan. Maar als ik nu vroeg of hij me wilde helpen, zei hij dat ik het zelf zou moeten doen, want op een dag zou hij niet meer thuis wonen, maar studeren of werken.

Omdat onze kamers naast elkaar lagen hoorde ik hem soms huilen als hij naar bed ging, maar als dat gebeurde wilde ik echt niet bij hem naar binnen. Zijn tranen maakten me bang. Ik wilde dat mijn grote broer sterk was. Zo was hij altijd geweest en ik wilde niet dat dat zou veranderen.

Kort na het bezoek van coach O'Brien liep ik op een ochtend de klas binnen en stopte iedereen ineens met kletsen. Alle hoofden draaiden zich naar me toe. Toen ik ging zitten hoorde ik gelach en gegrinnik, zoals gewoonlijk, maar ik nam mezelf plechtig voor dat ik niet zou opkijken of zou laten zien dat ik het merkte.

'Hoe is het met je zus, Sam?' vroeg mijn aartsvijand David Fugue en hij draaide zich grijnzend om op zijn stoel terwijl hij op een pennendop kauwde. 'Heeft ze al een vriendje? Kijk maar niet naar mij, ik heb liever een echte vrouw.'

Ik negeerde hem en pakte mijn boeken. Ik hoopte vurig dat meneer Lowry snel zou komen. Het leek wel alsof ze elke dag nieuwe grappen hadden, en naarmate de weken voorbijgingen, begonnen ze me steeds meer te raken.

'Hé Sam,' zei Liam Williamson, die achter me zat en een meeloper van David Fugue was. Ze gingen overal samen naartoe, en hij had zelfs zijn haar net zo laten knippen als David, waardoor hij er stom uitzag. 'Hoorde ik nou dat je zus een meidenband begint? Dan moeten ze in *The X-factor*!'

'Hou je bek, Williamson,' zei ik.

'Want anders sla je hem dicht?'

'Dat doe ik als je je bek niet houdt.'

'Ik praat nog steeds.'

'Dat kun je beter niet doen.'

'Wat ga je dan doen als ik het niet doe?'

'Dan zorg ik dat je het doet.'

'Kom maar op.'

'Wacht maar af.'

'Dat doe ik ook. Maar ik merk nog niets.'

'Ik heb drie broers,' riep James Burke aan de andere kant van de klas, en hij gooide een propje tegen mijn hoofd dat, heel knap, in de papierbak stuiterde. 'Jij mag er wel een, als je wil. Het zal wel moeilijk zijn om alleen een zus te hebben. Of zitten jullie 's avonds samen over jongens te praten en elkaars haar te vlechten?'

Nu was het genoeg. Ik was er klaar mee. Ik sprong

van mijn stoel en rende naar hem toe, en we stortten ons op elkaar, tot grote vreugde van onze klasgenoten, die in een kring om ons heen gingen staan en ons aanmoedigden toen we begonnen te vechten. Maar het duurde maar heel even, want meneer Lowry kwam binnen en de rest van de klas stoof alle kanten uit toen hij schreeuwde dat we moesten gaan zitten. Maar ik lag nog op de vloer, een beetje duizelig, en ik voelde iets over mijn kin druipen. Toen ik een vinger tegen mijn mond drukte werd die rood en toen ik mijn tong over mijn onderlip haalde, proefde ik de bitterzoete smaak van bloed op de plek waar James me had geslagen.

'Wat is hier aan de hand?' vroeg meneer Lowry. 'Sam, wat is er met je gebeurd?'

'Niets,' zei ik. Ik kwam overeind, maar kon hem niet aankijken.

'Het is duidelijk niet niets. Je hebt gevochten. Wie is er begonnen?'

Niemand zei iets, maar er klonk een hoop onderdrukt gegiechel.

'Jullie lijken wel een stelletje kinderen,' zei hij boos.

'We zijn dertien,' zei Liam Williamson. 'We zíjn kinderen.'

'Waag het niet om slim te gaan lopen doen.'

'Maar we zijn op school! Daar komen we toch voor?'

Meneer Lowry rolde met zijn ogen en keek alsof het hem moeite kostte om zich te beheersen. 'Ooit, op een dag, als jullie ouder zijn,' zei hij terwijl hij de klas rondkeek, 'zullen jullie zelf problemen krijgen en zul je ook vrienden hebben die moeilijke tijden doormaken. Misschien zelfs een van je eigen kinderen. En als dat gebeurt, zul je terugkijken op hoe jullie je nu gedragen en je afvragen of je niet wat vriendelijker had kunnen zijn.'

De klas was stil. Zelfs David Fugue had hier niets op te zeggen.

'Ga maar naar de administratie, Sam,' zei hij ten slotte met een zucht; hij wist dat het zinloos was om te proberen een verstandig gesprek te voeren met een groep kinderen die uit angst voor hun eigen reputatie totaal geen compassie durfden te tonen. 'Daar lappen ze je wel op.'

'Het gaat wel,' zei ik en ik wilde al teruggaan naar mijn stoel om tegenover de anderen geen slappeling te lijken.

'Het gaat helemaal niet, je bloedt. Maak dat je wegkomt, en kom niet terug voor je helemaal schoon bent.'

Ik snoof boos en marcheerde de klas uit, met gejoel in mijn rug, en liep toen door de gangen naar de administratie. Mevrouw Wilson wierp één blik op me en begon meteen aan haar gebruikelijke klaagzang over hoe graag ze op een meisjesschool had willen werken, waar ze tenminste tussen de jongedames had gezeten in plaats van tussen tuig van de richel. Ik wilde haar bijna vertellen dat meisjes in mijn ervaring nog erger waren dan jongens als het op pesten aankwam, maar besloot mijn mond maar te houden. Toen ze klaar was met preken haalde ze een *icepack* uit de vriezer en zei dat ik dat een paar minuten tegen mijn onderlip moest houden.

'Het hoeft niet gehecht te worden,' zei ze. 'Maar je weet dat ik aan de directeur moet melden dat je gevochten hebt, hè?'

'Zal wel.'

'En waarschijnlijk krijg je straf.'

'Boeien.'

'Je bent erg onbeleefd, weet je dat? Hebben je ouders je geen manieren geleerd?'

'Nee. Ze zijn nog erger dan ik.'

'Nou zeg!' zei ze verontwaardigd. 'De appel valt niet ver van de boom, dat is zeker. Ik heb je moeder in *Question Time* gezien; ze sprak het publiek toe alsof ze voor een zaal vol idioten stond. Ik zie wel hoe jij aan je charme komt. Hoe is het eigenlijk met je tanden?' vroeg ze. 'Zitten ze los?'

Ik voelde met mijn tong in mijn mond, maar alles leek intact. 'Niets aan de hand,' mompelde ik van achter het icepack.

'Jullie jongens met jullie vechtpartijen,' zei ze. 'En altijd om de meest onbenullige dingen. Waar ging het eigenlijk over? Waarschijnlijk iets wat... o!'

Ze viel stil, sloeg haar hand voor haar mond en sloot haar ogen alsof ze zich ineens iets herinnerde.

'Natuurlijk. Jij bent het broertje van Jason.'

'Ja,' zei ik.

'Dat verklaart het,' zei ze, nu op zachtere toon. 'Nou, dan ben jij blijkbaar heel anders dan hij, als je je zo gedraagt.'

'Hoezo?' vroeg ik, fronsend.

'Omdat vechten behoorlijk laf is. Een meningsverschil proberen te winnen door de ander domweg pijn te doen. En als je het mij vraagt is Jason juist de dapperste jongen op deze hele school.'

Ik gaf geen antwoord, ook al verrasten haar woorden me. Een half uur later ging ik weer terug naar de klas. De gangen waren leeg en omdat ik geen enkele behoefte had om mijn zogenaamde vrienden te zien, ging ik op een bankje zitten. Ik voelde me een beetje misselijk en keek naar de klok aan de wand. Dit was nog maar het eerste uur – ik moest nog een hele dag door, en ik dacht niet dat ik dat zou redden. Ik keek naar links toen ik voetstappen hoorde en tot mijn verrassing zag ik mijn broer Jason naar me toe komen lopen.

'Wat doe je hier?' vroeg hij.

'Niets.'

'Wat is er met je gezicht gebeurd?'

Ik haalde mijn schouders op. 'Ik heb gevochten,' zei ik.

'Met wie?'

'Wat maakt dat uit?'

'Met wie, Sam?'

Ik zei niets en keek hem aan met een mengeling van verwijt en gekwetste trots. Hij had nog steeds die stomme staart in en make-up op, en toen hij naast me ging zitten schoof ik een stukje bij hem vandaan omdat ik zo boos was. Ik wilde weglopen, maar ik wist dat hij dan achter me aan zou komen en zou proberen erover te praten, en het laatste wat ik wilde was het hier met hem over hebben.

'Was het vanwege mij?' vroeg hij. 'Heb je daarom gevochten?'

'Wat doe je hier eigenlijk?' vroeg ik een beetje harder. 'Waarom zit je niet in de klas? Dit is de gang voor de onderbouw – je hoort hier helemaal niet te komen.'

'Ik moest naar de wc. Boven zijn ze de gehandicapten-wc aan het schilderen, dus ik moest naar deze verdieping.'

'Er is boven een jongens-wc!'

'Daar ga ik niet meer heen, dat weet je. En ik mag niet naar de meisjes.'

'Ga gewoon weer naar boven,' zei ik, terwijl ik hem wegduwde.

'Ik laat je niet alleen als je zo van streek bent.'

'Dat ben ik niet!' zei ik.

'Wel. Dat is duidelijk. Ben je boos op me?'

'Nee.'

'Je kijkt me niet eens aan.'

'Ik wíl je niet aankijken.'

'Praat met me, Sam.'

'Nú wil je wel praten,' zei ik en ik draaide me woedend naar hem toe, terwijl ik de tranen in mijn ogen voelde prikken. 'Als we thuis zijn, zit je de hele tijd op je kamer en laat je me niet eens binnen. Wat doe je daar eigenlijk – jurken passen?'

Hij beet op zijn lip en keek weg voor hij zijn hoofd schudde. 'Nee,' zei hij. 'Nee, ik pas geen jurken.'

'Make-up dan? Lippenstift en mascara opdoen om jezelf op een meisje te laten lijken?'

Hij zei heel lang niets, maar ik hoorde zijn regelmatige ademhaling naast me en het getik van zijn voet op de vloer.

'Ik geloof dat ik niet goed heb nagedacht voor ik het aan jou en papa en mama vertelde,' zei hij uiteindelijk. 'Ik heb me niet gerealiseerd hoe moeilijk het voor jullie zou zijn.'

'Nee.'

'Ik dacht alleen dat ik gek zou worden als ik het aan niemand vertelde. Of erger.'

'Erger?' vroeg ik en ik draaide me naar hem om. 'Wat kan er erger zijn dan wat er nu gebeurt?'

'Ik dacht gewoon dat het allemaal makkelijker zou zijn als ik het aan mensen verteld had.'

'En is dat zo?' vroeg ik. 'Want mij lijkt het helemaal niet makkelijker.'

'Nee,' zei hij. 'Blijkbaar niet. Maar ik heb er geen spijt van. Want ik ben eindelijk eerlijk tegenover mezelf. Vertel me de waarheid. Je bent geslagen vanwege mij, hè?'

Ik knikte.

'Heb je teruggeslagen?'

'Natuurlijk.'

'Je hoeft me niet te verdedigen, weet je. Laat ze maar zeggen wat ze willen. Wat maakt het uit? Het zijn maar woorden.'

'Het maakt mij wel uit,' zei ik.

'Nou, mij niet.'

'Jij zit niet in mijn klas. Jij hoeft niet naar ze te luisteren.'

'Nee, maar ik zit in míjn klas, en denk je dat dat makkelijker is? Ik ben jarenlang de populairste jongen van school geweest. Captain van het voetbalteam. En nu schelden ze me uit en kalken ze dingen op mijn kluisje. Een heleboel mensen die ik als vrienden zag, hebben me laten vallen. Als jij denkt dat dat makkelijk is...'

'Maar jij bent er zelf mee begonnen!' riep ik en ik sprong gefrustreerd overeind. 'Het is allemaal jouw schuld!'

'Dat weet ik,' zei hij. 'Maar wat moest ik anders? Zeg het maar. Wat zou jij hebben gedaan als het jou overkwam?'

'Het zou mij niet overkomen,' zei ik. 'Want ik ben een jongen. Ik ben altijd een jongen geweest en ik zal altijd een jongen blijven, en niets zal dat ooit veranderen.'

'Nou, dan heb je geluk,' zei hij. 'Je bent niet in verwarring over jezelf. Je wordt niet verscheurd vanbinnen. Maar ik wel. En...'

Voor hij zijn zin kon afmaken, ging de bel en begonnen er deuren van klaslokalen open te gaan. Ik schrok en maakte gebruik van de vloedgolf van lichamen om te ontsnappen, want ik wilde niet met hem samen worden gezien.

Ik bleef die avond expres lang wakker. Steeds als ik voelde dat ik in slaap ging vallen, sprong ik geschrokken overeind en sloeg mezelf in mijn gezicht, en daarna kwam ik uit bed en liep een rondje door de kamer als een soldaat op wacht. Af en toe keek ik hoe laat het was, maar de klok leek langzamer te gaan dan ooit. Ik dacht erover om naar beneden te gaan en met het geluid op zijn zachtst tv te gaan kijken, maar de slaapkamer van mijn vader en moeder lag recht boven de woonkamer en ik was bang dat ik ze wakker zou maken. Ik was van plan om te wachten tot twee uur 's nachts, want ik had op internet gelezen dat mensen om die tijd op het diepste punt van hun slaapcyclus zitten en dat de kans dan het kleinst is dat ze wakker worden als ze worden gestoord.

Uiteindelijk was het zover. Ik trok de la van mijn nachtkastje open. Eerder die avond had ik daar stiekem iets uit de keuken in gelegd en nu ik dat weer in mijn handen had, voelde het zwaar en gevaarlijk. Ik liep naar de deur en deed die voorzichtig open, om hem niet te laten kraken, en ik bleef heel even op de overloop staan luisteren of ik niemand wakker had gemaakt en het nog stil was in huis. Even later sloop ik op blote voeten naar de kamer van mijn broer Jason en duwde de deurklink naar beneden. Ik deed de deur langzaam open, millimeter voor millimeter.

Zijn gordijnen waren niet helemaal dicht in het midden en in het maanlicht dat naar binnen viel, zag ik dat hij zwaar ademend lag te slapen, met zijn mond een beetje open en de lakens opgetrokken tot halverwege zijn borst. Hij bewoog in zijn bed en maakte een zacht kreungeluidje, en toen hij zijn hoofd omdraaide zag ik dat hij de scrunchie niet uit zijn haar had gehaald en dat de paardenstaart waar iedereen zo'n hekel aan had plat op het kussen lag.

Ik liep naar hem toe en tilde heel voorzichtig de staart op. Toen pakte ik de schaar die ik had meegenomen, opende hem met duim en wijsvinger en sloot hem langzaam, met zijn haar ertussen. De bladen waren scherp en sneden snel, met een heel bevredigend geluid, door het haar. Even later stond ik midden in zijn slaapkamer met de staart in mijn hand. Hij bewoog zich even in zijn slaap, draaide zich om en zonk toen met een diepe zucht weer weg in zijn dromen, en ik ging terug naar mijn kamer en sloot de deur zachtjes achter me. Ik haalde mijn speciale doos met slotje achter uit de kast, opende hem, legde de staart boven op mijn moeders oude *Vogues* en deed hem weer op slot, waarna ik de sleutel verstopte.

Toen ik weer in bed was gekropen lag ik nog lang wakker, met bonzend hart. Ik wist niet of ik hier goed aan had gedaan. Maar in elk geval zouden mijn vader en moeder niet meer schreeuwen dat hij zijn haar moest afknippen. Misschien, redeneerde ik, zou hij als hij wakker werd en zichzelf in de spiegel zag, weer weten dat hij een jongen was en al deze onzin achter zich laten. Ik deed het voor hem, zei ik tegen mezelf, en ik draaide me op mijn andere zij en sloot mijn ogen. Binnenkort zou niemand in zijn klas hem nog uitlachen.

En mij ook niet.

Dan kon ik weer onzichtbaar zijn.

6

De familie Brewster

In de weken daarna sprak mijn broer niet meer tegen mijn vader en mijn moeder en bijna niet tegen mij. Hij at in zijn slaapkamer met de deur dicht, en toen ik op een middag thuiskwam uit school, was hij bezig een ketting op zijn slaapkamerdeur te zetten.

'Voortaan komt hier niemand meer binnen zonder mijn toestemming,' zei hij toen hij me boven aan de trap naar hem zag staan kijken. 'Zomaar mijn kamer binnenkomen terwijl ik lag te slapen was het lafste wat ze konden doen.'

'Maar ze zeggen allebei dat ze het niet hebben gedaan,' zei ik, want mijn vader en moeder hadden allebei heftig ontkend dat ze schuldig waren aan het afknippen van zijn paardenstaart, al hadden ze ook duidelijk gemaakt dat ze blij waren dat hij er eindelijk af was. Niemand had bedacht dat ik het gedaan kon hebben.

'Hij is er anders niet vanzelf af gevallen,' zei hij. 'Zo.' Hij deed een stap achteruit, keek tevreden naar zijn werk en schoof de ketting een paar keer heen en weer om zeker te weten dat hij goed werkte. ‘Nou ja, wie het laatst lacht, lacht het best. Ik laat hem gewoon weer aangroeien. Mijn haar groeit toch heel snel. In de lente heb ik weer een staart.’

Er hing in die weken een erg gespannen sfeer in huis en het werd alleen maar erger toen mijn broer Jason twee dagen voor Kerstmis naar beneden kwam met een weekendtas en zei dat hij een week wegging en pas na Nieuwjaar terug zou komen.

‘Wat?’ vroeg mijn moeder, en ze keek op van haar iPad. ‘Waar heb je het over? Morgen is het kerstavond!’

‘Ik ben niet van plan om hier te blijven met Kerstmis,’ zei hij, terwijl hij haar recht aankeek. ‘Ik kan gewoon niet zomaar kalkoen zitten eten en doen alsof we een gelukkig gezinnetje zijn terwijl dat niet zo is.’

‘Ik zou niet weten waarom niet,’ zei mijn vader. ‘Dat is precies wat iedereen doet met Kerstmis.’

‘Nou, ik ben niet graag hypocriet, dat is alles.’

‘Kijk,’ ging mijn vader verder, en hij stond op om zijn hand op mijn broer Jasons schouder te leggen, maar hij haalde hem er gauw weer vanaf. ‘We hoeven het niet over je... toestand te hebben, als je daar soms bang voor bent.’

‘Dat klinkt heel gezond,’ antwoordde mijn broer Jason. ‘En het geeft me een heel goed gevoel over mezelf. Zijn er nog meer dingen die je onder het tapijt wilt vegen en negeren, nu we het er toch over hebben?’

'Nee, ik geloof het niet,' zei hij nadenkend. 'Weet jij nog iets, Deborah?'

'Er schiet me niets te binnen,' zei mijn moeder.

'Goed. Want Kerstmis is een tijd voor familie,' zei mijn vader. 'Een tijd om samen te zijn met de mensen van wie je houdt.'

'Maar jullie houden niet van me,' zei mijn broer Jason, nu wat harder. 'Als jullie van me hielden, zouden jullie mijn kamer niet binnensluipen als ik lig te slapen en mijn haar afknippen!'

'O, voor de honderdste keer,' zei mijn moeder vermoeid. 'Wij hebben je...'

'Wil je de waarheid horen, Jason?' vroeg mijn vader.

'Als jij me die wilt vertellen, ja.'

'Misschien bevalt het je niet wat je hoort.'

'Nou, het bevalt me ook niet om het slachtoffer van een onuitgelokte aanval te zijn, dus ga je gang.'

'O, in hemelsnaam,' zei mijn moeder hoofdschuddend.

'Ik weet precies wie die stomme staart heeft afgeknipt,' ging mijn vader verder. 'En het was niet je moeder, en ook niet ik.'

'Ga door,' zei mijn broer Jason. 'Wie dan wel?'

Mijn vader keek heel even naar mij en ik voelde mijn bloed koud worden. Had hij de waarheid geraden?

'Weet je zeker dat je het wilt weten?' vroeg hij.

'Ik weet het heel zeker.'

'Goed dan,' zei mijn vader schouderophalend. 'De

waarheid is – en ik kan niet geloven dat je dat nu nog niet doorhebt – dat je zelf je haar hebt afgeknipt.'

Mijn broer Jason staarde hem even aan, schudde toen zijn hoofd en begon te lachen. 'Moet dat een soort grap voorstellen?' vroeg hij.

'Nee. Het klinkt misschien belachelijk, maar laat me uitpraten. Je werd midden in de nacht wakker, keek in de spiegel en je onderbewuste zei dat je je voordeed als iets wat je niet bent. Dus heb je je staart afgeknipt. En daarna ben je weer in slaap gevallen, en de volgende dag wist je er niets meer vanaf. Het is glashelder. Je hebt de herinnering geblokkeerd omdat die in tegenspraak is met de dingen die je hardop zegt.'

'Dat is echt een interessante hypothese,' zei mijn moeder knikkend.

'Het is heel logisch als je erover nadenkt,' zei mijn vader.

'Het is helemaal niet logisch,' zei mijn broer Jason.

'Het onderbewuste kan heel sterk zijn. Je zou het er eens met Watson over moeten hebben als je hem weer ziet. Hij is het vast met ons eens.'

'Nou, tot nu toe is hij het nog nooit met jullie eens geweest,' zei hij, want hij ging om de twee weken naar Watson vanaf het moment dat dit was begonnen, maar na die eerste keer altijd alleen. 'Dus dat betwijfel ik. Nou ja, ik ben dit jaar niet hier met Kerstmis en daar kunnen jullie niets aan doen. Ik heb mijn tas gepakt en ik ga. Jullie kunnen me niet tegenhouden.'

'Maar je speelgoed dan?' vroeg mijn vader. 'Er liggen allemaal pakjes onder de boom.'

'Ik ben zeventien,' zei hij, terwijl hij zijn handen in de lucht gooide. 'Ik hoef geen speelgoed.'

'Je cadeautjes, bedoel ik. Het was maar bij wijze van spreken.'

'Ik wil helemaal niets van jullie,' zei hij. 'Althans niet iets wat je kunt inpakken en onder de kerstboom leggen.'

'En wat belangrijker is, waar ga je heen?' vroeg mijn vader. 'Je kunt toch zeker geen hotel betalen.'

'Ik ga naar tante Rose,' zei hij.

'O nee,' zei mijn moeder, terwijl ze opsprong uit haar stoel. Voor haar was dit de druppel die de emmer deed overlopen. 'Dat kun je niet menen.'

'Dat meen ik echt wel.'

'Dus jij zegt dat je Kerstmis, de belangrijkste dagen van het jaar, liever met je tante Rose viert dan met je eigen familie?'

'Ze ís mijn eigen familie,' zei mijn broer Jason. 'Ook al doen we net alsof dat niet zo is.'

Tante Rose was de zus van mijn moeder, twee jaar jonger dan zij. Maar ze hadden nooit met elkaar overweg gekund en dus kwam ze niet zo vaak langs, ook al woonde ze maar tachtig kilometer bij ons vandaan, in het huis waarin zij en mijn moeder zijn opgegroeid; ze had mijn moeder uitgekocht nadat opa en oma waren overleden. Ze was op alle mogelijke manieren het tegenovergestelde van mijn moeder.

TIEN DINGEN DIE TANTE ROSE HEEFT GEDAAN DIE MIJN MOEDER NOOIT HEEFT GEDAAN EN OOK NOOIT ZOU DOEN

1 Ze is met een parachute uit een vliegtuig gesprongen.
2 Ze is met drie verschillende mannen getrouwd geweest en van alle drie gescheiden.
3 Ze heeft vier weken in de gevangenis gezeten omdat ze in 2003 een agent heeft geslagen tijdens een vredesdemonstratie.
4 Ze heeft gewoond in iets wat ze een commune noemen, toen ze negentien was. Daarna heeft ze gewoond in iets wat ze een kibboets noemen. Daarna heeft ze in Milton Keynes gewoond.
5 Ze heeft gefigureerd in een *Star Wars*-film.
6 Ze heeft een ei naar prins Charles gegooid en het brak op zijn schouder.
7 Ze heeft een dichtbundel geschreven en uitgegeven bij een heel belangrijke uitgeverij die The Rose Press heet.
8 Ze heeft de Harbour Bridge in Sydney beklommen.
9 Ze heeft een tattoo op haar arm van iemand die David Bowie heet.
10 Ze heeft tegen mijn broer Jason gezegd dat hij bij haar mag komen logeren met de kerst en dan mag zijn wie hij maar wil.

‘Geen sprake van,’ zei mijn moeder. ‘Die vrouw zal die waanideeën van je alleen maar aanmoedigen. Mijn god, waarschijnlijk bindt ze je vast en hakt ze hem eraf.’

‘Hakt ze wat eraf?’ vroeg ik.

‘Jullie zijn degenen die dingen afhakken, weet je nog,’ zei mijn broer Jason boos.

‘We hebben die verrekte staart van jou niet aangeraakt!’ schreeuwde mijn moeder. ‘Maar ik ben blij dat hij eraf is, als je het echt wil weten. Nu zie je er tenminste uit als een echte jongen.’

‘Ik ben Pinokkio niet!’ brulde mijn broer Jason, al zei hij het niet precies zo. Hij zei nog een ander woord voor Pinokkio. Een woord dat rijmt op ‘mislukking’.

‘Nee, het is geen goed idee. Ik wil Rose hier niet bij betrokken hebben.’

‘Nou, ze is er al bij betrokken,’ zei mijn broer Jason na een lange stilte.

‘Wat?’ vroeg mijn moeder, terwijl ze hem strak aankeek.

‘Ik zei dat ze er al bij betrokken is.’

Ik keek naar mijn moeder, die zichtbaar slikte. Ze had een gekwetste uitdrukking op haar gezicht, die moeilijk aan te zien was.

‘Dus je hebt haar al verteld wat er aan de hand is?’

‘Ja.’

‘Hoeveel heb je verteld?’

‘Alles. Ik bel haar bijna elke dag.’

'O, natuurlijk,' zei mijn moeder. Ze keek nu naar beneden, naar haar schoot. Haar stem was heel zacht geworden.

'Deborah,' zei mijn vader, maar zij schudde haar hoofd om hem de pas af te snijden.

'Het is niet erg,' zei ze.

'Het is wel erg!'

'Nee. Als hij denkt dat hij met haar kan praten in plaats van met mij, zijn eigen moeder, dan...'

'Ik héb met je geprobeerd te praten!' schreeuwde mijn broer Jason. 'Maar jij luistert niet! En tante Rose luistert wel! En ze behandelt me niet alsof ik een of andere ziekte heb!'

'Je breekt mijn hart,' zei mijn moeder.

'Ik wil je niet kwetsen,' zei mijn broer Jason een beetje vriendelijker. 'Ik probeer alleen maar eerlijk tegenover mezelf te zijn, meer niet. Je helpt me niet, dat is de waarheid. Misschien probeer je het wel, dat weet ik niet, maar het werkt niet. Dus ga ik nu weg, en ik zit bij tante Rose als jullie me nodig hebben.'

'Maar wanneer kom je terug?' vroeg ik, terwijl ik opstond, heel erg van streek vanwege het idee dat hij er niet zou zijn met Kerstmis. Als dat toch nog vanwege die staart was, was het mijn schuld. Maar ik kon me er niet toe zetten het aan hem op te biechten.

'Ik weet het niet precies. Nieuwjaar, denk ik.'

'Mag ik mee?'

'Nee, dat mag je niet, Sam!' snauwde mijn vader, die weer was gaan zitten en er diep ongelukkig uitzag.

‘Maar ik wil geen Kerstmis zonder hem!’ riep ik.

‘Dat wil niemand van ons. Maar blijkbaar staat zijn besluit vast. En we kunnen misschien niet meer tegen hém zeggen wat hij mag en niet mag, maar nog wel tegen jóú.’

‘Er ligt een cadeautje voor je onder je bed,’ zei mijn broer Jason zacht. Hij kwam naar me toe en wilde me omhelzen, maar ik trok me los. Ik ging op de bank zitten met mijn hoofd in mijn handen. Ik wou dat het allemaal een boze droom was en dat ik snel wakker zou worden.

‘Nou, ga dan maar, als je zo nodig moet!’ schreeuwde mijn moeder uiteindelijk. ‘Het heeft geen zin om daar te blijven staan en ons een beetje aan te staren!’

En mijn broer Jason haalde zijn schouders op, pakte zijn tas en ging weg. Wij bleven zwijgend zitten, totdat mijn moeder opsprong en de straat op rende, terwijl ze links en rechts om zich heen keek.

‘Jason!’ riep ze. ‘Jason!’

Maar het was te laat. Hij was al weg.

Het werd de ergste Kerstmis van mijn leven. Misschien omdat ze wist dat de sfeer gespannen zou zijn met alleen ons drieën aan tafel, nodigde mijn moeder een van haar partijgenoten uit; hij kwam met zijn vrouw en hun dochter van veertien, Laura, die woedend leek te zijn omdat ze kerstavond bij iemand anders thuis moest doorbrengen. Maar ik zag dat mijn moeders collega – meneer Brewster, al zei hij dat ik

Bobby mocht zeggen – dolblij was om er te zijn en heel hard probeerde om indruk te maken. Bobby's vrouw, Stephanie, zat ook te slijmen als een gek.

'Het is zo aardig dat u dit doet, minister,' zei Bobby toen we eindelijk aan tafel gingen. Kalkoen, ham, drie soorten aardappelen, chipolataworstjes, vier soorten groente en sloten saus. Een maal waarvan ik normaal gesproken gesmuld zou hebben.

'O, alsjeblieft, niet zo formeel vandaag,' zei mijn moeder. 'Zeg toch Deborah.'

'Deborah dan. Erg aardig van je. Na het jaar dat wij achter de rug hebben, doet een beetje vriendelijkheid een mens goed.'

'Ja, dat waren een paar verschrikkelijke maanden,' zei Stephanie.

'Waarom? Wat is er dan gebeurd?' vroeg ik, eventjes geïnteresseerd.

'Ons reisbureau ging failliet,' zei Bobby. 'Dus waren we onze aanbetaling kwijt voor onze vakantie op de Seychellen.'

'En er was zo'n lange wachtlijst voor de nieuwe BMW,' voegde Stephanie eraan toe, 'dat we genoegen hebben moeten nemen met het model van vorig jaar.'

'Alsjeblieft,' zei Bobby. 'Spreek me niet van modellen.'

'Pijnlijk onderwerp?'

'Papa!' zei Laura, die onaangenaam dicht bij me zat. Ik durfde bijna niet naar haar te kijken. Ze had een lichte huid en felblauwe ogen, en elke keer dat ze mijn kant uit keek wilde ik het liefst wegrennen en me achter de bank verstoppen, als een zenuwachtige pup. Ze had me gevraagd hoe ik heette en het had me bijna vijftien tellen gekost voor ik het antwoord wist.

'O, Deborah, dit verhaal moet je horen,' zei Stephanie, terwijl ze haar mes en vork neerlegde. 'Je gelooft het niet. Een paar maanden geleden waren Laura en ik aan het winkelen in Oxford Street en besloten we de Topshop binnen te gaan. Dat is natuurlijk geen winkel waar ik zelf naartoe zou gaan, maar Laura wilde dat per se. Nou, we waren nog geen paar minuten binnen of er komt een vrouw naar ons toe die zich voorstelde als scout van modellenbureau Better Than You. Ze zei dat Laura er zo goed uitzag en dat haar manier van lopen... nou ja, ze bleek naar haar gekeken te hebben toen ze in de winkel rondliep en ze had nog nooit zoiets gezien!'

'Echt zó'n compliment,' zei Laura en ze rolde met haar ogen. 'Mijn grootste prestatie is blijkbaar dat ik de ene voet voor de andere kan zetten en een voorwaartse beweging in gang kan zetten. Wat blijft er nog over om van te dromen?'

'Alsjeblieft, Laura,' zei Stephanie en ze legde haar hand even op die van haar dochter. 'Mammie praat, Laura luistert. Maar goed,' ging ze weer verder tegen mijn moeder, 'de scout vroeg of Laura misschien op kantoor wilde langskomen om foto's te laten maken en ik was natuurlijk buiten mezelf van blijdschap. Wat een kans! Maar tijdens het hele gesprek stond die zogenaamde dochter van me erbij met een gezicht alsof ze een wesp had ingeslikt.'

'Omdat... ik... geen... model... wil... worden,' zei Laura tussen opeengeklemde tanden door, en door de korte stiltes tussen de woorden begreep ik dat ze dat al minstens duizend keer tegen haar moeder had gezegd na die middag in de Topshop.

'Nou ja, om een lang verhaal kort te maken: ik wist die ondankbare kleine je-weet-wel zover te krijgen dat ze naar de fotosessie ging, al gedroeg zij zich alsof ze haar tanden moest laten trekken. Serieus, een kans waar duizenden meisjes hun linkerbeen voor zouden geven!'

'Dat zouden dan niet zulke beste modellen zijn, met maar één been,' zei Bobby en hij lachte met open mond, zodat ik zijn hele kerstdiner in zijn mond vermalen zag worden. Het was echt supersmerig. 'Geen unieke manier van lopen, maar een unieke manier van hinken!'

'Dat is niet aardig,' zei ik zacht. 'Ik heb trouwens modellen met één been op tv gezien.'

'Dat heb je niet,' zei Bobby.

'Jawel hoor.'

'Niet.'

'Wel.'

'Is Paul McCartney niet getrouwd met iemand met één been?' vroeg mijn vader.

'Wees toch eens stil, allemaal,' zei mijn moeder. 'Sorry, Stephanie, ga alsjeblieft verder.'

'Ja, nou, we lieten dus foto's maken en ik moet het eerlijk toegeven: Laura deed alles wat ze vroegen. Poseerde zoals ze dat wilden, keek in de camera, weg van de camera, hield haar handen op een bepaalde manier. Ik bedoel, ik begrijp er natuurlijk niet alles van, want ik ben zelf niet geschikt als fotomodel...' Ze liet een stilte vallen en keek de tafel rond. Ik denk dat ze wachtte tot iemand haar tegensprak, maar toen niemand dat deed, zelfs haar man niet, ging ze verder met haar verhaal. 'Hoe dan ook,' zei ze, 'toen dat allemaal achter de rug was, ging een groepje mensen van Better Than You achter de computer de foto's bekijken en ik kon gewoon zien hoe opgewonden ze allemaal waren. En toen kwam er een andere vrouw naar ons toe, die zich voorstelde als het hoofd van het agentschap en zij zei dat ze Laura ter plekke een aanbod wilden doen. "Ik denk dat we editorial kunnen garanderen," zei ze, "en couture. Ik heb niet meer zo'n natuurtalent gezien sinds Kate, en dat is al iets van honderd jaar geleden. Uw dochter wordt beroemd," zei ze.

'Maar dat is echt geweldig,' zei mijn moeder, die keek alsof het verhaal haar begon te vervelen, vooral omdat ze zelf geen verhaal had dat minstens zo boeiend was. 'Gefeliciteerd! Wat zullen jullie blij zijn!'

'Waarom zou ik,' vroeg Stephanie, 'nu Laura, mijn o zo intelligente dochter, nee heeft gezegd?'

'Ze heeft wát gezegd?'

'Ik wil geen model worden,' herhaalde Laura. 'Ik

weet niet welk deel van die zin jullie niet kunnen begrijpen. Ik ben er heel duidelijk over geweest.'

'Maar dat is belachelijk,' zei mijn vader. 'Kijk eens naar jezelf, je bent absoluut beeldschoon. Mijn god, als ik dertig jaar jonger was, of zelfs twintig...'

Iedereen draaide zich naar hem om en hij werd vuurrood. 'Voor iemand van jouw leeftijd, bedoel ik,' zei hij. Toen begon hij snel te hoesten en hield hij zijn zakdoek voor zijn mond. 'Je bent natuurlijk nog heel jong en...'

'Maar ik begrijp het niet,' zei mijn moeder, totaal verbluft. 'Zo'n kans krijg je maar één keer in je leven in je schoot geworpen, als je die al krijgt. En jij besluit er niet van te profiteren? Wat is er mis met jou? Is er iets anders wat je met je leven wilt doen?'

'Ik wil tuinieren,' zei Laura.

'Wat? Sorry, ik dacht even dat je "tuinieren" zei.'

'Ik zei ook "tuinieren".'

Mijn moeder keek nu alsof ze er helemaal niets meer van begreep. 'Als in: tuinen netjes maken?' vroeg ze uiteindelijk.

'Ik wil tuinarchitect worden, bedoel ik,' zei Laura. Ze keek ons aan en haar gezicht veranderde van boos in enthousiast. 'Tuinen ontwerpen, grote tuinen, kleine tuinen, strakke tuinen, wilde tuinen. Bent u wel eens bij de Chelsea Flower Show geweest, mevrouw Waver?'

'Ja, natuurlijk,' zei mijn moeder. 'Ik ga elk jaar, op dezelfde dag als de koningin. Het is een geweldige kans voor iemand in mijn positie. Al heb ik wel veel last van hooikoorts. Maar dat is de prijs die je moet betalen als je vooruit wilt komen op het glibberige pad naar de top!'

'Ik ga ook elk jaar,' zei Laura.

'Dat is mijn schuld,' zei Bobby. 'Ik heb haar ermee naartoe genomen toen ze nog maar vier of vijf was en sindsdien wil ze elk jaar weer.'

'En vanaf die allereerste keer wist ik al dat dat is wat ik wil doen.'

'Sorry,' zei mijn moeder. 'Maar zeg je nu dat je liever je hele leven met je handen in de modder wil zitten dan dat je in Rome, Milaan en New York op de catwalk loopt, in de nieuwste jurk van Oscar de la Renta? Is dat echt wat je bedoelt?'

'Ja,' zei Laura en ze stak een wortel in haar mond.

'Bijzonder,' zei mijn moeder hoofdschuddend. 'Ik begrijp de jonge mensen van tegenwoordig gewoon niet. We geven ze alle kansen die ze maar kunnen wensen en ze gooien die terug in ons gezicht.'

'Het zijn net apen in de dierentuin die met hun uitwerpselen in het rond smijten,' zei mijn vader.

'Alan,' zei mijn moeder, terwijl ze haar ogen even afkeurend sloot. 'Geen uitwerpselen aan de eettafel, alsjeblieft.'

'Sorry, Deborah.'

'Piemels bij het ontbijt mogen ook al niet,' fluisterde ik tegen Laura. Maar toen ik besefte wat ik had gezegd veranderde mijn gezicht in ongeveer drie tellen ook van wit in rood.

Laura grinnikte zacht en schudde toen haar hoofd. 'Ik zou gelukkig zijn als ik kon tuinieren,' zei ze. 'Dat is het enige wat ik wil.'

'Het zijn gewoon heel zware maanden geweest,' zuchtte Stephanie. 'Maar laten we hopen dat het volgend jaar beter wordt.'

'Ja, inderdaad,' zei Bobby en hij legde zijn mes en vork neer om met een brede glimlach zijn wijnglas te pakken. 'Natuurlijk, wie zal het zeggen? Misschien vier je volgend jaar om deze tijd Kerstmis niet meer in dit huis?' voegde hij eraan toe.

'Ach, tja,' zei mijn moeder, terwijl ze haar best deed om opgelaten te kijken. 'Laten we niet op de zaken vooruitlopen.'

'Waarom zouden we Kerstmis niet hier vieren?' vroeg ik. 'We gaan toch niet verhuizen?'

'Nee, Sam,' zei mijn vader. 'In elk geval nog niet. Maar wie weet wat de toekomst zal brengen?'

'Kerst op Nummer Tien,' zei Bobby. 'Dat zou nog eens wat zijn, hè?'

'Maar dit ís nummer tien,' zei ik, want ons huisnummer was inderdaad tien.

'Er is op dit moment geen vacature,' zei mijn moeder. 'En nu dat het geval is, heeft de premier mijn volledige steun. Maar mocht er in de toekomst een vacature komen, dan is het goed om je positie te overwegen en je te laten adviseren door collega's.'

'Sorry,' zei Bobby hardop lachend, en hij sloeg met zijn hand op tafel. 'Is er hier iemand van Sky News?

Faisal Islam, kom maar onder de tafel uit, beste man, en eet een hapje mee!'

Hij keek opgewekt in het rond, maar hield daar snel mee op, misschien omdat hij zag dat mijn moeder afkeurend keek. 'Nou, u hebt natuurlijk helemaal gelijk, minister,' zei hij. 'Minister Deborah. Ik bedoel, mevrouw Waver. Deborah. Het heeft geen zin om op een post te hopen die niet eens beschikbaar is. Maar ik hoop natuurlijk dat je weet dat je in mijn ogen mettertijd een uitstekende...'

'Dank je, Bobby,' zei mijn moeder glimlachend. 'Dat betekent heel veel voor me. Vooral als ik bedenk hoeveel leden van de partij jou om advies zullen vragen. Ik vermoed dat veel van hen je graag op een van de hoge regeringsposten zouden zien, in de niet te verre toekomst.'

'Welke?' vroeg Stephanie, terwijl ze naar voren leunde.

'We lopen alweer op de zaken vooruit,' zei mijn moeder.

'En het is Kerstmis. Laten we gewoon van onze maaltijd genieten en de politiek even achter ons laten.'

Ik bespeurde een zekere teleurstelling aan tafel omdat dit deel van het gesprek afgelopen was.

'Maar je hebt toch nóg een zoon?' vroeg Stephanie ten slotte, nadat we ongeveer tien minuten speculeren over de kans op sneeuw voor oud en nieuw hadden doorstaan.

'Nóg een zoon?' vroeg mijn moeder, fronsend, alsof ze het eigenlijk niet zeker wist.

'Ja, ik dacht dat je er twee had?'

'O, je bedoelt Jason,' zei mijn moeder. 'Ja, die is nu zeventien.'

'En hij is niet bij jullie met kerst?'

'Nee, hij doet vrijwilligerswerk,' zei ze.

'Vrijwilligerswerk?'

'Ja.'

'Waar?'

'Bij een daklozenopvang in East End.'

Bobby en Stephanie legden hun messen en vorken neer en keken gepast onder de indruk. Zelfs Laura keek even op en trok een wenkbrauw op, alsof ze eindelijk geïnteresseerd was.

'Met Kerstmis?' vroeg Bobby.

'Tja, wij hadden natuurlijk liever gehad dat hij bij ons was gebleven,' zei mijn vader. 'Maar het bijzondere aan Jason is dat hij een buitengewoon sterk sociaal plichtsgevoel heeft. Dat heeft hij natuurlijk van Deborah. En hij voelde dat hij dit jaar iets terug wilde doen, voor alle privileges waartoe hij toegang heeft in zijn leven.'

'Wat zullen jullie trots op hem zijn!' zei Stephanie. 'Ik wou dat ik zo'n kind had, in plaats van zo'n ondankbaar portret als Laura.'

'Ik ben ondankbaar,' zei Laura tegen mij, alsof ik verderop in het publiek zat, 'alleen omdat ik geen model wil worden.'

‘Je zou best model kunnen zijn,’ zei ik zachtjes. ‘Je bent echt mooi.’

Iedereen draaide zich naar mij toe en staarde me aan, en ik wou dat de grond openspleet en mij opslokte.

‘Nou, volgens mij mogen jullie erg trots zijn,’ zei Bobby. ‘Een zoon die iets terugdoet met kerst. Dat zal de partij kunnen waarderen. Ik hoop dat je het de perschef hebt laten weten? We kunnen er nog wel wat fotografen heen sturen voor een paar plaatjes. Zou het heel goed doen bij de minder prominente leden in het Huis.’

‘Om eerlijk te zijn, Bobby,’ zei mijn moeder, die nu een beetje zenuwachtig keek, ‘lijkt het mij beter als je dit tegen niemand zegt. Jason maakt natuurlijk zijn eigen keuzes en ik zou niet graag de indruk wekken dat ik hem inzet voor politiek gewin.’

‘Duidelijk,’ zei Bobby met een knipoog. ‘Maar éven iets laten vallen tegen iemand van de *Daily...*’

‘Nee, ik meen het,’ zei ze, nu wat harder. ‘Ik meen het echt. Ik wil niet dat dit ontdekt wordt. Laat hem dit gewoon in zijn eentje doen. Het is een privékwestie.’

‘Nou, als je het zeker weet,’ zei Bobby met een blik alsof hij nog steeds niet wist of ze het meende.

‘Ik weet het heel zeker,’ antwoordde ze. ‘Sterker nog, het lijkt me beter om mijn gezin helemaal buiten alle toekomstige campagnes te houden. Ik richt me het liefst uitsluitend op beleid.’

Na het eten ging ik naar boven en probeerde ik een boek te lezen, maar vlak voordat de familie Brewster weer naar huis ging, liep ik Laura weer tegen het lijf. Ze kwam de wc uit en ik liep net de overloop op toen ze me in het nauw dreef.

'Mag ik je kamer zien?' vroeg ze en ik verstarde. Nog nooit had er een meisje een voet in mijn kamer gezet. Alleen mijn moeder en die telde niet. Penny, de ex van mijn broer Jason, had het een keer geprobeerd, maar toen had ik een stoel tegen de deur gezet en geweigerd eruit te komen voor ze naar huis was.

'Hoezo?' vroeg ik.

'Omdat ze beneden weer over politiek praten en ik met mijn hoofd op tafel wil slaan tot ik bewusteloos ben. Kom op, laat me niet naar beneden hoeven gaan.'

Ik aarzelde, maar blijkbaar kon ik er op geen enkele manier onderuit komen en dus gingen we naar mijn kamer. Ik keek snel om me heen of er verdachte dingen lagen. Er slingerden twee boxershorts op de grond en ik schopte ze onder het bed, maar afgezien daarvan leek alles in orde. Niet eens een oud nummer van *Vogue* te zien. Ze wierp zich op bed en rekte zich uit, en ik ging zo ver mogelijk bij haar vandaan zitten. Ik leunde met mijn rug tegen de muur en sloeg mijn armen om mijn knieën.

'Ken je Lisa Turnbull?' vroeg ze, en ik knikte, want Lisa zat bij mij in de klas en deed bijna even verschrikkelijk tegen me als mijn aartsvijand David

Fugue. Als ik een nieuw puistje kreeg, wees zij dat altijd aan iedereen aan.

'Ja,' zei ik.

'Vind je haar leuk?'

Ik aarzelde; ik wist niet of ik eerlijk moest zijn. 'Hoe ken jij haar?' vroeg ik.

'Ik ken haar eigenlijk niet echt. Ik ken haar oudere zus, en die is echt verschrikkelijk. Vroeger waren we vriendinnen, maar nu niet meer.'

'Waarom niet?'

'Omdat ze roddelt. En omdat ze niets liever doet dan chaos schoppen in het leven van anderen.'

'O,' zei ik.

'Heb je een vriendin?' vroeg ze toen, en ik voelde dat mijn maag vreemd begon te draaien en te kronkelen.

'Niet speciaal,' zei ik.

'Wat betekent dat?'

'Nee, ik heb geen vriendin.'

'Oké.'

Toen sprong ze van het bed af, ging naar de boekenkast en begon mijn boeken te bekijken. Ze haalde er een paar uit en keek naar de omslagen.

'Zijn die echt van jou?' vroeg ze met een frons.

'Ja,' zei ik. 'Hoezo?'

'Ze zijn voor kleine kinderen. Lees jij geen boeken voor onze eigen leeftijd?'

'Ik heb dyslexie,' zei ik. 'Ik ben niet zo goed met boeken, maar ik lees wel graag, dus kom ik vaak uit bij boeken voor kinderen. Gewoon zodat ik er beter doorheen kom. Behalve de verhalen over Sherlock Holmes. Die zijn niet voor kinderen, maar ik doe er echt mijn best voor omdat ze zo goed zijn.'

'O, op die manier,' zei ze, terwijl ze de boeken terugzette. 'Sorry, ik bedoel het niet vervelend.'

'Geeft niet, het was niet vervelend.'

'Misschien troost het je een beetje dat ik mijn veters pas kon strikken toen ik tien was. En ik kan nog steeds niet fluiten.'

'Dat is raar,' zei ik lachend.

'Ik weet het. Ik heb niet zo'n goede oog-handcoördinatie. Zeg, vertel eens eerlijk,' zei ze toen. 'Je broer is niet echt bij een daklozenopvang aan het helpen, hè?'

'Jawel hoor,' zei ik. 'Hoezo?'

'Omdat jij opkeek alsof het een enorme schok voor je was, toen je moeder dat zei.'

'Ik wist gewoon niet dat ze het aan anderen zou vertellen, dat is alles.'

'Ik zag een foto van hem in de woonkamer,' zei ze. 'Hij is knap.'

'Hij is zeventien,' zei ik. 'En jij bent nog maar veertien.'

'Ik weet het. Ik zeg het alleen maar. Trouwens, je lijkt best op hem.'

Ik fronste mijn wenkbrauwen. Ik wist niet wat ik terug moest zeggen.

'Relax, Sam,' zei ze. 'Het was een compliment.'

En toen glimlachte ze naar me en ging weer naar beneden. Ik bleef in mijn kamer, waar ik haar parfum nog kon ruiken. En voor de eerste keer in lange tijd dacht ik de rest van de avond helemaal niet meer aan mijn broer Jason.

7
Bij tante Rose

Half januari was mijn broer Jason nog steeds niet thuis. En al miste ik hem, ik vond het leven ook veel minder ingewikkeld zonder hem. Ik sprak hem soms aan de telefoon, maar ik merkte dat we elkaar niet zo veel te vertellen hadden. Hij had toestemming van school gekregen om een paar weken thuisonderwijs te krijgen, van tante Rose, zodat hij aan de slag kon met wat zij zijn 'persoonlijke problemen' noemden.

Toen school weer begon, was ik weer onzichtbaar geworden omdat de andere leerlingen nieuwe schandalen gevonden hadden om zich mee bezig te houden, zoals dat van onze aardrijkskundeleraar, die zijn vrouw – onze docent wiskunde – had verlaten voor een andere vrouw, toevallig onze docent natuurkunde. Tussen de lessen door maakten ze vaak ruzie in de gangen. Ook had de rector een Harley-Davidson gekocht en reed hij elke ochtend helemaal in het leer gekleed naar school, wat vrolijkheid, afschuw en plaatsvervangende schaamte tegelijk bij ons opwekte.

TIEN DINGEN DIE IEMAND VAN BOVEN DE 35 NOOIT MAG DOEN

1 Een Harley-Davidson kopen en er elke ochtend helemaal in het leer gekleed op naar school rijden.
2 De woorden 'dude', 'bro', 'braddah', 'hoestie' of 'lol' gebruiken.
3 Dansen.
4 Tegen de klas zeggen dat je een 'vette kater' hebt en dat iedereen zacht moet praten. Maakt geen indruk op ons. Niet eens een beetje.
5 Over je collectie *Star Wars*-figuurtjes praten.
6 Net doen alsof je niet naar suffe tv-spelletjes kijkt. We weten toch wel dat je het doet, dat je denkt dat je er heel goed in zou zijn en dat je er alles voor over zou hebben om een keer mee te doen.
7 Converse-sneakers dragen of nette schoenen zonder sokken.
8 Over bands van eeuwen geleden praten, zoals Oasis.
9 Een zin beginnen met: 'In mijn tijd'.
10 Seks hebben. Dat is gewoon walgelijk.

Mijn aartsvijand David Fugue pestte me nog steeds, maar niet meer met mijn broer Jason. Als ik eerlijk ben, gaf ik best wel wat doelen om op te schieten. Ik had puistjes op mijn voorhoofd en zeker omdat hijzelf een perfecte huid had, schold hij me uit en gooide hij flesjes Clearasil naar mijn hoofd. En toen ik een paar snorharen op mijn bovenlip ontdekte, heb ik ze wat donkerder en opvallender gemaakt met een watervaste stift, maar dat zag eruit alsof ik ze erop getekend had en je kunt watervaste viltstift er haast niet af krijgen – het blijft dágen zitten. En hij betrapte me toen ik de naam Laura op de voorkant van een schrift schreef, met allemaal hartjes eromheen – ik had zelf niet eens door dat ik het deed – en toen vertelde hij aan iedereen dat ik verliefd was op een meisje en dat ik dus de grootste homo van de school was, wat natuurlijk nergens op sloeg, maar toch slikte iedereen het. Behalve Jake Tomlin dan, die écht homo is en dat vorig jaar aan iedereen verteld heeft. Jake zei dat ik echt geen homo was, dat hij het verschil tussen een slak en een oester echt wel kent – wat dat ook mag betekenen – en ik wilde hem bedanken, maar misschien zou hij dan juist beledigd zijn, dus ik liet het maar zitten.

Thuis sprak niemand erover dat er iemand aan ons leven ontbrak en af en toe leek het alsof iedereen mijn broer Jason vergeten was, behalve ik. Mijn vader en moeder zagen nauwelijks dat ik er was. Ze zaten de hele tijd aan hun telefoons, iPads en laptops vastgeplakt. Bijna elke avond kwamen er mensen van de partij bij ons thuis, zodat ik bijna geen tv kon kijken, en ze bleven maar namenlijstjes nalopen met de vraag of diegene een Zekere Ja, een Zekere Nee of een Overtuigbare was. Toen ik mijn moeder vroeg waarvan ze hen wilde overtuigen, zei ze: 'om vertrouwen in mij te stellen'.

Het was dus geen verrassing dat het uren duurde voordat iemand in de gaten had dat ik weg was toen ik in de voorjaarsvakantie uit huis verdween.

Het begon toen ik een onverwachte brief kreeg. Ik kreeg nooit brieven, hoogstens af en toe een verjaardagskaart, dus het was best een schok toen er op een ochtend eentje op me lag te wachten op de keukentafel. Toen ik de envelop openmaakte, zat er een briefje van twintig pond in en een kort briefje:

Hoi Sam,

Kom een paar dagen logeren! Hier is geld voor je treinkaartje.
Ik haal je vrijdag om vijf uur op station Oxford op.

Peace,
Tante Rose

EEN ELFDE DING DAT IEMAND VAN BOVEN DE 35 NOOIT MAG DOEN

11 '*Peace*' zeggen.

Ik was blij met de brief – en het geld – maar het verbaasde me niet dat ze me ineens zomaar uitnodigde. Per slot van rekening deed ze altijd al dit soort onverwachte dingen. Eén keer had ze een dakloze man een paar dagen te logeren gevraagd zodat hij van zijn verkoudheid kon herstellen, en hij eindigde als mijn oom

Bernie, tot ze twee jaar later weer van hem scheidde. Een andere keer haalde ze een Syrisch vluchtelingengezin in huis. Die mensen bleven een half jaar bij haar wonen en mijn moeder zei dat we niet op bezoek mochten, want het zou niet goed vallen bij de minder prominente Lagerhuisleden als het bekend werd. En toen prins Philip met pensioen ging, nodigde ze hem zelfs uit om te komen logeren. Ze zei dat ze samen konden wandelen en 's avonds bosbessenjam maken, en ze kreeg een heel aardig briefje terug waarin stond dat het een heel vriendelijk aanbod was, maar nee, bedankt, hij wilde niet.

Het gaf me een heel volwassen gevoel om zonder mijn vader en moeder uitgenodigd te worden en ik kon me niet herinneren dat ik ooit eerder zo veel geld op zak had gehad. Dus ging ik op vrijdag na school naar huis, trok mijn schooluniform uit en gewone kleren aan, pakte een tas in en nam de metro naar Paddington Station. Ik kon niet wachten om mijn broer Jason weer te zien en hoopte dat hij niet zo boos op mij zou zijn als op mijn ouders.

De reis naar Oxford duurde niet lang, ongeveer een uur, en ik probeerde onderweg *Het noorderlicht* te lezen, maar de woorden bleven maar door elkaar lopen en voor mijn ogen van plek veranderen, en ik wou dat mijn broer Jason er was om ze op orde te houden. Toen de trein aankwam, stond tante Rose bij de incheckpoortjes te wachten. Zodra ze me zag, begon ze met een brede glimlach zo hard te roepen dat iedereen zich naar ons omdraaide en ik vroeg me af of ik me niet beter gewoon kon omdraaien om met de eerste trein naar huis te gaan.

'Ik wist dat je zou komen,' zei ze. 'Ik zei tegen mezelf: op Sam kun je altijd rekenen! Die laat je niet in de steek! Wat heerlijk om je te zien. En wat ben je groot geworden sinds de vorige keer dat ik je zag! Aboud was ongeveer zo oud als jij nu toen hij voor het eerst bij me kwam logeren – hij was nog geen 1 meter 60 toen hij kwam, maar bijna 1 meter 80 toen hij wegging. Het zal jullie leeftijd wel zijn, denk ik.' Aboud was een van de Syrische vluchtelingen die ze in huis had genomen.

Ik lette er nauwelijks op dat het haar van tante Rose de kleur van een sportdrankje had, want iedere keer dat ik haar zag had ze een andere kleur haar, en het was nooit een gewone kleur, zoals kleurpotloden hebben, maar altijd een vreemd mengsel van verschillende kleuren, alsof er drie of vier kleuren waren gesmolten in een pannetje en daarna door elkaar geroerd tot iets wat normaal gesproken niet voorkomt in de natuur. Maar haar kleding verraste me wel. Die leek in elkaar gezet van vuilniszakken, jute en de huid van een dode zebra.

'Vind je het mooi?' vroeg ze en ze draaide om haar as en schopte één voet in de lucht alsof ze balletdanser was. Haar sandaal schoot van haar voet en raakte een man op zijn hoofd, en ze moest snel naar hem toe om de sandaal op te halen en sorry te zeggen. 'Zelf gemaakt,' zei ze toen ze weer bij mij was.

'Dat dacht ik al,' zei ik.

'Het heeft echt die fijne uitstraling van maatwerk, vind je ook niet? Als ik eerlijk ben, heb ik mijn roeping gemist, Sam. Ik had een modeontwerper zoals die Vivienne Westwood kunnen zijn. Ik heb een keer de kostuums ontworpen voor een productie van *Midzomernachtdroom* – niets bijzonders, gewoon repertoiretheater – maar toevallig zat Albert Finney op een avond in het publiek in het Durham Playhouse en na afloop kwam hij backstage om de cast te begroeten. Ik was te verlegen om hem aan te spreken, maar ik hoorde hem heel duidelijk aan mijn eerste echtgenoot vragen, jouw oom James, die Bottom speelde: *Wie heeft in hemelsnaam die kostuums ontworpen?* Hij klonk echt verbluft omdat ze zo origineel waren. Het is een moment waarop ik heel trots ben.'

'Wie is Albert Finney?' vroeg ik.

'O, een geweldig getalenteerde man. En knap! Maar van voor jouw tijd, denk ik. Trouwens, hoe was de reis? Heb je nog leuke mensen gesproken in de trein?'

'Mijn vader en moeder zeggen altijd dat ik niet met vreemden mag praten,' zei ik. 'Want die proberen alleen maar hun handen in mijn broek te steken.'

'Dat is belachelijk,' wuifde ze mijn antwoord weg. 'Vreemden zijn de interessantste mensen die er zijn. Ik heb mijn derde man in de trein ontmoet, weet je. Herinner je je oom Denzel nog?'

'Ja,' zei ik, want hij was mijn favoriete man van tante Rose. Hij heeft me een keer meegenomen naar Alton Towers en zo veel suikerspinnen voor me gekocht als ik maar wilde. En hij kende veel botte grappen en vertelde die graag aan mij.

'Nou, Denzel was conducteur op de Cross-Country-lijn, maar toen ik hem ontmoette was hij gewoon een passagier, net als iedereen. We zaten tegenover elkaar en we raakten aan de praat, en de rest is geschiedenis. Of dat was het, in elk geval een jaar of twee. Tot ik hem eruit gooide. O, kom eens hier, Sam! Tante Rose heeft een knuffel nodig!'

'Oké,' zei ik, maar ik voelde me best wel opgelaten toen ze me stevig tegen zich aan drukte, zo stevig tegen haar enorme borsten aan dat ik bijna geen lucht kreeg. Als dit dichter bij huis gebeurde, wist ik gewoon dat mijn aartsvijand David Fugue langs zou lopen en dat hij er nooit over op zou houden.

'Vonden je vader en moeder het zomaar goed dat je kwam?' vroeg ze toen we op weg gingen naar het parkeerterrein. Ze probeerde mijn hand vast te houden, alsof ik een klein kind was, dus stopte ik die in mijn zak.

'Ik heb niets gezegd,' zei ik. 'Ik heb gewoon een tas ingepakt, de metro naar Paddington genomen en ben op de trein gestapt.'

'O jee,' zei ze, en ze bleef even stilstaan om me fronsend aan te kijken. 'Maar gaan ze zich dan geen zorgen maken? Misschien moeten we ze even bellen als we thuiskomen, om ze te laten weten dat je hier bent. Of we kunnen ze een telegram sturen. Bestaan telegrammen nog wel? Ik weet het eigenlijk niet. In de oorlog was dat helemaal in. Niet dat ik er al was, in de oorlog. Zó oud ben ik niet. Maar ik heb de films gezien.'

'Het is wel goed,' zei ik. 'Ik heb een briefje op mijn bed gelegd waarop staat waar ik ben. Als ze me nodig hebben, weten ze waar ze me kunnen vinden.' Ik keek even langs haar heen, want ik vroeg me af of mijn broer Jason niet naar het station was gekomen. Misschien zat hij in de auto te wachten, maar ik zag geen spoor van hem. De stokoude Morris Minor van tante Rose zag ik ook al nergens, maar tot mijn verbazing stond er een paard aan een hek bij de uitgang vastgebonden. Toen hij ons zag aankomen, draaide hij zijn hoofd naar ons toe en leek een soort buiging te maken.

'Wie laat hier nou een paard staan?' vroeg ik, hoofdschuddend van verbazing.

'O, dat is Bertie Wooster!' zei tante Rose. 'Heb ik dat niet verteld? Ik heb mijn auto verkocht – veel te duur, en de uitlaatgassen die de atmosfeer in gaan doen ons uiteindelijk allemaal de das om – en in plaats daarvan een paard gekocht. Je hoeft er geen benzine of diesel in te doen en je hoeft er ook geen belasting of verzekeringspremie voor te betalen.'

Ik bleef staan en staarde naar het paard, toen weer naar mijn tante en daarna weer naar het paard, dat achterdochtig terugkeek.

'Je bent hiernaartoe komen rijden op een paard?' vroeg ik verbluft.

'Ja. Wat is daar vreemd aan? Zo verplaatsten mensen zich vroeger altijd. Als Jane Eyre meneer Rochester voor het eerst ontmoet, zit hij toch op een paard? En ze zitten er allemaal op in *Pride and Prejudice.*'

'Ga je ook op hem naar huis rijden?'

'Nee, ik laat hem hier, zodat hij een gezin kan stichten en een heel nieuw leven kan beginnen. Hij kan vast wel een baantje in de supermarkt krijgen. Natuurlijk ga ik op hem naar huis rijden, Sam! En jij ook. Het is een sterk oud beestje, toch, Bertie Wooster? Hij kan ons allebei wel houden.'

Ik keek naar het paard, dat dramatisch niesde, en haalde mijn schouders op. Het leven was de laatste tijd al zo vreemd geworden; op een paard terugrijden naar het huis van tante Rose leek niet eens zo vreemd als je het vergeleek met sommige dingen die thuis gebeurden. Dus toen ze me optilde en me min of meer op Bertie Woosters rug gooide alsof ik een oude schooltas was, deed ik mijn best om rustig te blijven.

'Nou, naar huis dan maar,' zei ze toen we de weg op gingen. Ik vond het heel ongemakkelijk dat ik me moest vasthouden om haar middel, maar het was óf dat, óf eraf vallen, vooral omdat de auto's op straat naar ons toeterden en Bertie Wooster totaal geen zin leek te hebben om zijn tempo te verhogen. 'Je zal wel honger hebben. Jongens van jouw leeftijd zijn altijd uitgehongerd, volgens mij.'

'Ik rammel,' beaamde ik.

Terwijl Bertie Wooster voortsjokte, stelde tante Rose me al die vragen die volwassenen altijd stellen over school – had ik het naar mijn zin? Wat was mijn favoriete vak? Wie was mijn beste vriend? – maar toen ik iets over mijn ouders zei, brulde ze het uit van ergernis en bleek duidelijk dat ze heel erg geïrriteerd was door allebei.

'Zijn ze al bij hun verstand gekomen?' vroeg ze. 'Of gedragen ze zich nog steeds als een stelletje verwende kinderen?'

'Wat bedoel je?' vroeg ik.

'Nou, ze hebben geen contact meer gehad met hun eerstgeborene sinds Kerstmis, hè? Toen ze dat arme kind de deur uit zetten. Wat voor ouders doen nou zoiets?'

'Ze hebben hem niet echt de deur uit gezet,' zei ik, maar ik kon me ook niet herinneren dat ze erg hun best hadden gedaan om hem te laten blijven. 'Hij koos er zelf voor om weg te gaan.'

'Tja,' zei ze, een beetje lachend, 'zo te horen had ze niet veel keus, nu het leven haar elke dag zo zuur werd gemaakt.'

'Wie?' vroeg ik. 'Mijn moeder?'

'Nee, niet je moeder.'

Bertie Wooster niesde weer en ik viel er bijna af. 'Ik dacht dat hij misschien met jou naar het station zou komen,' zei ik.

'Wie?'

'Mijn broer Jason.'

'O nee,' zei tante Rose. 'Ik heb Jason voor het laatst vlak na nieuwjaarsdag gezien.'

'Wat?' vroeg ik en ik schoot zo snel overeind dat mijn knieën in de flanken van het paard drukten en hij uit protest bleef stilstaan. Hij draaide zijn hoofd om en keek me dreigend aan. 'Bedoel je dat hij weg is? Maar waarheen dan? Niemand heeft iets van hem gehoord...'

'Relax, Sam,' zei ze. 'Alles is in orde. 'Jullie zijn binnenkort weer samen, dat beloof ik. Kijk, we zijn er.'

Bertie Wooster sloeg de oprit van haar huis in en sjokte naar de schuur die oom Bernie vroeger had gebouwd om zijn zorgwekkend uitgebreide collectie naziartikelen uit de oorlog op te slaan. Toen hij bleef stilstaan, sprong tante Rose op de grond en stak haar hand uit om mij eraf te helpen. Ik voelde me totaal ellendig. Als mijn broer Jason niet meer bij haar logeerde, wat kwam ik hier dan eigenlijk doen? Gingen we gewoon de hele avond met zijn tweeën bij elkaar zitten en Monopoly spelen? En waar was hij dan? Hij was in elk geval niet thuisgekomen. Ik zag al voor me dat hij zomaar op straat sliep en het idee maakte me bang.

'Kom op, Sam,' zei tante Rose terwijl ze de sleutel in het slot stak. 'Laten we naar binnen gaan.'

Het huis van tante Rose was heel anders dan dat van ons. Mijn ouders hielden van sneeuwwitte wanden met reproducties van schilderijen die ze online bij Tate Britain bestelden. Ook hadden we een schoonmaker, die elke vrijdagochtend kwam en die precies wist hoe netjes mijn vader en moeder het graag hadden. Daarmee vergeleken was het huis van tante Rose een complete puinhoop. Er lagen overal boeken en kranten, op alle tafels stonden half opgebrande geurkaarsen en er hingen echte schilderijen aan de muren, al waren die misschien niet zo goed. Het enige wat ik hier echt leuk vond, was haar oude boxer, Sandy, die naar me toe kwam sjokken om me te begroeten en die, toen ze mijn geur herkende van de vorige keren dat ik er was geweest, tegen me op probeerde te springen om me in mijn gezicht te likken, maar dat ging moeilijk met haar stramme heupen.

'Jij slaapt boven in de eerste kamer rechts,' zei tante Rose, 'als je je tas daarheen wilt brengen.'

Ik knikte en ging naar boven, naar de kamer waarvan ik wist dat hij van mijn moeder was geweest toen zij zo oud was als ik nu. Er was sindsdien niet veel veranderd: het behang zag eruit alsof het was opgeplakt toen Hendrik de Achtste nog koning was en op de foto's aan de wanden stonden zij en tante Rose, tijdens allerlei vakanties met opa en oma. Ik ging op het bed zitten en keek op de klok. Zeven uur. Ik bedacht dat ik om negen uur kon doen alsof ik moe was, naar bed kon gaan en morgenochtend met de eerste trein terug naar huis kon. Ik was echt niet van plan om hier dagenlang te blijven als we maar met ons tweeën waren. En ik moest trouwens aan mijn vader en moeder vertellen dat mijn broer Jason vermist werd en dat we hem moesten zoeken. Met al haar connecties zou mijn moeder wel iemand kennen die iets hoogs bij de politie was en die ons kon helpen.

Toen ik weer beneden kwam, hingen er al kookgeuren in de keuken en zat Sandy aan de voeten van tante Rose geduldig te wachten of er iets van het aanrecht viel.

'Ik maak vegetarische spaghetti bolognese,' zei tante Rose. 'Is dat oké?'

'Best,' zei ik. 'Maar mag er vlees in de mijne?'

'Nee. Vlees is moord.'

'Oké.'

'Jessica zal zo wel terugkomen,' zei tante Rose. 'Ze haalt even basilicum voor me in de winkel.'

Ik fronste mijn wenkbrauwen. Jessica? Dus niet alleen moest ik de hele avond een beleefd gesprek met mijn tante zien te voeren, maar ook zou er nog een of andere vriendin van haar bij zijn. Ik voelde de moed in mijn schoenen zakken, maar zei tegen mezelf dat ik er wel doorheen kwam. Morgen om deze tijd zou ik weer thuis zijn.

'Zeg Sam,' zei ze, zodra de groenten in de pan zaten. Het rook niet geweldig en ik wou dat ik eraan had gedacht om een Bifi-worstje mee te nemen. Dan had ik dat in mijn spaghetti kunnen gooien als zij even niet oplette. 'Dit moeten een paar heel moeilijke maanden voor je zijn geweest, lijkt me.'

Ik haalde mijn schouders op. 'Het was niet makkelijk,' zei ik.

'Je hebt zeker nog nooit eerder iemand ontmoet die transgender is?'

'Nee. Jij wel?'

'O, zo veel. Maar in die tijd mochten ze zichzelf niet zijn. Ze moesten hun hele leven tegen zichzelf blijven liegen, en tegen de rest van de wereld. Klinkt niet zo leuk, vind je wel?'

Ik zei niets.

'Heb je er met iemand over gepraat?' vroeg ze ten slotte.

'Zoals met wie?' vroeg ik.

'Nou, met je vader en moeder, in de eerste plaats. En in de tweede.'

'Nee,' zei ik. 'Ze praten er niet graag over.'

'Met een van je vrienden dan?'

Ik haalde mijn schouders op. 'Eerlijk gezegd heb ik niet zo veel vrienden. En zelfs als ik ze had, denk ik niet dat ik dat zou kunnen. Dit is niet iets waar je makkelijk over praat. Hoe ging het eigenlijk met hem? Toen hij hier was?'

'Met hem?' vroeg ze, fronsend. 'Wie bedoel je?'

'Mijn broer Jason.'

'O. Nou, het ging wel toen hij hier kwam. Hij was boos, natuurlijk. In de war. En hij had behoefte aan iemand die gewoon naar hem luisterde en hem niet veroordeelde. Ik wou dat die zus van mij dat had gekund, maar...' Ze schudde haar hoofd en keek alsof ze ontzettend haar best deed om niet te veel negatiefs te zeggen waar ik bij was. 'Nou ja, ze is jouw moeder,' zei ze eindelijk. 'Ik bijt wel op mijn tong. Maar toch is het eigenlijk schokkend.'

'Hij denkt dat hij een meisje is,' flapte ik eruit.

'Nee, dat denkt hij niet,' antwoordde tante Rose.

'Niet?' vroeg ik, hoopvol. Was hij van gedachten veranderd? Ik wilde zo graag dat dat zo was.

'Hij dénkt niet dat hij een meisje is,' zei tante Rose. 'Ze wéét dat ze een meisje is.'

'Ze is geen zij,' zei ik. 'Ze is een hij.'

'Ze is heus geen hij omdat jij zegt dat ze een hij is,' zei tante Rose. 'Als ik zeg dat jij een bloempot bent, ben jij dan een bloempot?'

'Dat is iets heel anders,' zei ik hoofdschuddend. 'Het lijkt er niet eens op.'

'Maar niemand wil toch iets genoemd worden wat hij niet is? Stel nou dat ik zou zeggen dat jij een meisje bent? Dat je mijn nicht bent?'

'Maar dat ben ik niet!' wierp ik tegen. 'Ik ben een jongen. Ik ben je neef.'

'Dat weet ik. En dat weet jij. Maar Jason voelde het anders.'

'Ik wil er niet over praten,' zei ik. 'Ik dacht dat hij hier zou zijn. Dat is de enige reden dat ik kwam.'

'O, dank je wel!'

'Nee, ik bedoelde alleen...'

'Het geeft niet, Sam. Dat was een grapje. Ik snap het, je mist hem.'

'Natuurlijk,' zei ik, en ik voelde de tranen in mijn ogen prikken.

'Hij is een goede broer voor je geweest, dat zie ik wel.'

'De beste,' zei ik. 'De beste ooit. En ik wil hem terug. Ik durf te wedden dat jij hebt gezegd dat hij best een meisje mag zijn.'

'Ik heb helemaal niets gezegd,' zei tante Rose, en ze stond op om in de groente te roeren en pasta in een pan kokend water te gooien. 'Ik heb hem alleen maar laten praten en naar hem geluisterd, en ik moet zeggen dat jullie dat geen van allen hebben gedaan, volgens mij. Hij had het erg moeilijk. Zagen jullie dat niet? En hij had iemand nodig die naar hem wilde luisteren.'

'We hebben geprobeerd om te luisteren,' zei ik. 'Wij allemaal. Maar het was alsof hij er al heel lang zelf over had nagedacht en verwachtte dat wij het meteen zouden begrijpen toen hij het ons vertelde.'

Tante Rose zuchtte en zei niets, maar ineens leek ze te verstarren. Toen ze zich weer naar me omdraaide, keek ze me aan met echte teleurstelling in haar ogen.

'Natuurlijk,' zei ze. 'Jij was het, hè?'

'Wat was ik?' vroeg ik.

'Ze dacht dat je vader of moeder het gedaan had, maar jij was het natuurlijk. Ze heeft je zelfs nooit verdacht.'

'Wát was ik?' vroeg ik nog een keer, nu iets harder.

'Degene die haar staart afgeknipt heeft,' zei ze. 'Jij bent naar binnen geslopen toen ze sliep, hè? Je hebt hem afgeknipt en weggegooid. O, Sam! Hoe kon je dat doen?'

Ik wendde mijn blik af. Ik kon de energie niet opbrengen om het te ontkennen. 'Ik deed het voor hem,' zei ik. 'Hij liep er belachelijk bij. Iedereen lachte hem uit.'

'Lachte hem uit, of jou, Sam?'

'Hém,' zei ik vol overtuiging.

'Maar het was haar haar. Wat gaf jou het recht om het af te knippen?'

'Omdat hij mijn broer is.'

'Dat is ze niet.'

'Dat is hij wel! En hij probeerde er steeds meer uit te zien als een meisje. Dus heb ik het afgeknipt, want ik dacht dat hij dan misschien wakker zou worden en zou zien dat hij er beter uitziet met kort haar. Zo erg is het toch niet,' voegde ik er mokkend aan toe.

'O liefje,' zei tante Rose hoofdschuddend. 'Het is juist heel erg. Het is ontzéttend belangrijk. Hoe kun je nou denken van niet? Het was het eerste waarmee je zus liet zien dat ze een meisje is, gewoon door haar haar lang te laten groeien, en dat heb jij van haar afgepakt. Heb je enig idee hoeveel pijn haar dat heeft gedaan? Hoeveel je die nacht van haar gestolen hebt?'

'Zeg toch niet steeds "zij",' zei ik. 'Dat haat ik.'

'Jouw gevoelens zijn belangrijk,' zei ze. 'Ik wil niet doen alsof dat niet zo is. Maar in deze situatie zijn ze niet het allerbelangrijkste. Jij bent boos en je begrijpt er niets van. Dat is logisch, je bent pas dertien. Maar je zus gaat door iets heen wat nog veel groter en moeilijker te begrijpen is. Als je van haar houdt, moet je aan haar kant staan.'

‘Ik zal altijd aan de kant van mijn broer Jason staan,’ zei ik en tante Rose zei niets, maar zuchtte dramatisch voor ze zich weer op het eten richtte.

De telefoon in de gang ging en ze stak haar handen in de lucht, met pollepels en al. ‘Wil jij even opnemen, Sam?’ vroeg ze. ’Zeg maar dat ik terugbel, wie het ook is.’

Ik liep de gang in, blij dat ik even kon ontsnappen, en nam op; ik herkende de stem van mijn moeder meteen.

‘Rose? Met Deborah.’

‘Hallo mam,’ zei ik.

‘Ben jij dat, Sam?’ vroeg ze na een korte stilte.

‘Ja.’

‘O, dus ik ben nog een zoon aan haar kwijt, zeker.’

‘Ze heeft me uitgenodigd om te komen logeren,’ zei ik.

‘Nou, daar heeft ze niets over gezegd. En jij ook niet,’ antwoordde ze.

‘Wel waar,’ loog ik. ‘Ik heb het je eergisteravond verteld. En jij zei dat ik best mocht gaan. En ik heb ook een briefje op mijn bed gelegd.’

‘Echt?’ Ik kon gewoon horen dat ze nadacht. Het was best mogelijk dat ik het had verteld, en in dat geval zou ze er waarschijnlijk geen woord van hebben gehoord. ‘Ach ja,’ zei ze. ‘Dat klopt, nu weet ik het weer. Sorry, het moet me ontschoten zijn. Er zijn op dit moment zo veel dingen aan de hand.’

‘Wil je tante Rose spreken?’

'Nee, ik belde alleen om te horen of ze iets van je had gehoord. Maar nu ik weet dat je veilig bent, hoeft ik haar niet te spreken. Wat gebeurt daar eigenlijk? Wat zijn jullie aan het doen?'

'Niet veel,' zei ik. 'Ze is vegetarische spaghetti bolognese aan het maken.'

'Och jee.'

'Ik weet het. En ze heeft een vriendin die Jessica heet, die nog met de basilicum moet komen.'

'Wil je naar huis, Sam? Want ik kan wel een auto sturen, als je wilt. Ik wil niet dat je geconfronteerd wordt met onsmakelijke zaken. Bradley staat buiten en...'

'Nee, ik ben hier nu toch al,' zei ik. 'Ik kan net zo goed blijven slapen.'

'Weet je het zeker?'

'Sandy is hier ook,' zei ik. 'En Bertie Wooster.'

'Wie?'

'Bertie Wooster. Dat is een paard.'

'Mijn god. En is er...' Haar stem brak een beetje, alsof ze probeerde haar tranen binnen te houden. 'Is er verder nog iemand?'

'Jason, bedoel je?'

'Ja.'

'Hij is er nu niet, maar tante Rose zegt dat hij nog bij haar logeert. Waarschijnlijk is hij even weg. Ze zegt dat ik hem straks zal zien.'

'Goed zo. Nou, zeg maar tegen hem... zeg maar...'

'Wat moet ik zeggen?'

‘Zeg maar dat we hem missen.’

‘Je kunt ook hierheen komen en het zelf tegen hem zeggen, als je wil.’

Het bleef lang stil aan de andere kant terwijl ze nadacht. ‘Hoe laat denk je dat je morgen thuiskomt?’ vroeg ze ten slotte.

‘Met de eerste trein,’ zei ik. ‘De allereerste trein.’

‘Goed,’ zei ze. ‘Nou, daar reken ik op. En doe dit niet nog eens, oké, Sam? Ik maakte me zorgen.’

‘Sorry.’

‘Het geeft niet. Nou, dan zeg ik nu welterusten.’

‘Welte...’ begon ik, maar ze had al opgehangen.

Ik ging terug naar de keuken en tante Rose draaide zich naar me om. ‘Wie was dat?’ vroeg ze.

‘Mama,’ zei ik.

‘O god. Ze is zeker weer boos op me?’

‘Nee, op mij.’

‘Nou, beter op jou dan op mij,’ zei ze vrolijk. ‘Oké, wil je de tafel even voor me dekken?’

Ik ging naar de la en haalde er bestek voor twee uit, maar Rose draaide zich om en schudde haar hoofd. ‘Voor drie personen, Sam,’ zei ze. ‘Je vergeet Jessica.’

Ik ging weer naar de la en dekte voor nog een persoon, en toen hoorde ik de sleutel in de voordeur en in de gang het geluid van een jas die werd uitgetrokken.

‘Perfect op tijd,’ zei tante Rose, terwijl ze de pasta in een vergiet goot. De stoom van het water steeg op in haar gezicht.

Even later ging de keukendeur open en kwam er

een meisje van een paar jaar ouder dan ik naar binnen. Ze droeg een spijkerbroek en een witte blouse, en haar pasgeverfde blonde haar zat in een klein staartje. Ze had een heel klein beetje make-up op haar gezicht en lichtrode gloss op haar lippen. Ze bleef staan toen ze me zag en ik staarde haar verbluft aan.

'Tja, nou, dit is mijn schuld,' zei tante Rose, die zich omdraaide en haar schouders ophaalde. 'Ik wilde jullie allebei verrassen. Deze idiote vertoning heeft namelijk al lang genoeg geduurd en het is tijd dat er een eind aan komt.'

'Sam,' zei mijn broer Jason terwijl hij een zakje basilicum op tafel legde. Hij keek verward, beschaamd en uitdagend tegelijk.

'Jason,' zei ik, maar ik wist niet waar ik naar moest kijken.

'En het eerste wat moet ophouden is die Jason-flauwekul,' zei tante Rose. 'Jason is in Londen achtergelaten, ja? Dit is Jessica. Dat is de naam waaronder ze bekend wil staan. Dus Sam, toon alsjeblieft respect zolang je in dit huis bent en spreek haar aan met die naam. Anders krijg je problemen met mij en gooi ik je eruit. Dan kun je in de schuur slapen, bij Bertie Wooster.'

Na het eten vroeg mijn broer Jason of ik een eindje met hem wilde gaan lopen om bij te praten. Er lagen veel weilanden bij tante Rose in de buurt en een paar kilometer verderop was er ook een rivier met een brug erover, en we liepen die kant uit. Hij kwam daar elke dag, zei hij, want hij kon daar goed nadenken.

'Het spijt me dat ik niet vaker iets van me heb laten horen,' zei hij en ik haalde mijn schouders op alsof het me niet uitmaakte, maar we wisten allebei dat het juist heel belangrijk voor me was. 'Ik probeer alleen alles op een rijtje te zetten, weet je.'

'Ik heb het ook druk gehad,' zei ik. 'Met school. En huiswerk. Maar ik heb niet veel gelezen, want er is niemand om me te helpen.'

Hij zweeg even en wierp me een blik toe, maar ik deed alsof ik het niet zag. Ik wilde hem pijn doen, dat was de waarheid.

'Nou, dat is jammer,' zei hij. 'Kon je het niet aan papa en mama vragen?'

'Die hebben het te druk,' zei ik. 'Mama probeert nog steeds vooruit te komen op het glibberige pad naar de top. En je weet hoe papa is.'

'Lees verdorie toch gewoon wat er staat!'

Ik lachte. Hij deed hem perfect na. 'Ja,' zei ik, en ik voelde me meteen schuldig omdat ik hém een schuldgevoel had geprobeerd aan te praten, dus zei ik: 'Maar ik heb *Het noorderlicht* bij me, voor in de trein. Misschien kun je me daar straks bij helpen?'

'Natuurlijk,' zei hij. 'We kunnen er een stukje in lezen als we thuiskomen.'

'Goed,' zei ik.

Zwijgend liepen we verder, steentjes wegschoppend, en toen we een afgedankte, half leeggelopen voetbal vonden, schopte hij die naar me toe, in een perfecte boog over mijn hoofd, maar op een of andere manier wist ik precies op het goede moment te springen en hem te vangen, als een echte keeper.

'Mooi!' zei hij, onder de indruk, en ik was best trots op mezelf.

'Hoe lang blijf je hier nog?' vroeg ik toen we weer verder gingen.

'Ik weet het niet,' antwoordde hij. 'Ik ben alleen maar aan het leren. Ik doe nog gewoon eindexamen in juni, maar het leren gaat hier makkelijker, na alles wat er gebeurd is.'

'En het is nog steeds zo?' vroeg ik met een blik op zijn kleren en zijn uiterlijk.

Hij knikte. 'Ja,' zei hij. 'Watson heeft me er een heleboel boeken over gegeven en daar heb ik veel aan gehad. En ik ga elke dinsdagavond naar een lotgenotengroep.'

'Met andere jongens zoals jij?' vroeg ik.

'Jongens die de transitie naar meisje hebben gemaakt. En andersom. En die er alleen nog maar over nadenken. Ik voel me daar heel veilig.'

'Dat is fijn, lijkt me.'

'En ik heb vrienden gemaakt.'

'Die allemaal zeggen dat je goed bezig bent, zeker.'

'Ja, Sam,' zei hij kalm. 'Dat is precies wat ze zeggen.'

'En waar hebben jullie het over op die bijeenkomsten?' vroeg ik.

‘Over wat we maar willen. Over hoe moeilijk het kan zijn. Over vervelende ontmoetingen die we misschien hebben gehad. Over die kleine momenten van triomf. Over de mensen die ons helemaal accepteren zoals we zijn, zoals coach O’Brien. Over de mensen die dat niet doen. En over onze familie, natuurlijk.’

Ik keek hem aan. ‘Heb je ook over mij gepraat?’ vroeg ik.

‘Een beetje.’

‘Heb je ze verteld dat ik normaal ben?’

Hij rolde met zijn ogen. ‘Ik heb ze verteld dat jij niet bent zoals ik, als je daar bang voor bent. Echt, Sam,’ voegde hij eraan toe, met een iets hogere stem van irritatie, ‘het is nergens voor nodig om zo onaardig te doen.’

‘Ik doe niet onaardig!’

‘Dat doe je wel. Of je het nou zelf doorhebt of niet.’

Toen zwegen we een tijdje en ik wist dat hij geïrriteerd was, maar ik dacht niet dat het mijn schuld was. Maar ik wilde geen ruzie, dus leek het me dat ik beter als eerste weer iets kon zeggen.

‘Sorry,’ zei ik.

‘Het geeft niet.’

‘Ik ben niet zo goed met woorden, dat weet je.’

‘Dat is alleen als je leest, Sam. Doe maar niet alsof je niet weet hoe je woorden moet gebruiken als je praat. Je weet precies wat je zegt. Dyslectische mensen zijn net zo slim als anderen, ze kunnen alleen niet zo goed lezen.’

Ik schopte nog een paar stenen weg. Daar kon ik niet veel op terugzeggen.

'YouTube helpt ook,' zei hij uiteindelijk.'

'Wat?'

'YouTube. Om mensen hun verhaal te horen vertellen. Sommige mensen zijn niet zo goed in groepen, dus nemen ze hun ervaringen op en zetten ze online. Soms vertellen ook families van transpersonen er hun verhaal. Zoek maar eens op. Misschien leer je er wat van.'

'Ouderlijk toezicht...' zei ik.

'Heb je nog niet ontdekt hoe je dat kunt omzeilen?'

'Nee. Wat, jij wel?'

'O ja. Lang geleden al. Ik laat het je straks wel zien. Ik ken al hun wachtwoorden.'

Ik lachte. 'Vet,' zei ik.

'En het volgende wat ik ga doen, is beginnen met de hormoonbehandeling, denk ik.'

Er verkrampte even iets in mijn buik en ik keek hem bezorgd aan. 'Wat betekent dat?' vroeg ik. 'Krijg je dan pillen?'

'Ja, pillen. En een paar injecties. Maar het duurt nog een half jaar voor ik dat mag doen. Mijn transitiearts, die ik via Watson heb gevonden, moet een verklaring ondertekenen dat ik er emotioneel klaar voor ben.'

'En wat doen de pillen?'

'Er zullen dingen aan mij veranderen,' zei hij. 'Lichamelijk, bedoel ik. Waarschijnlijk verlies ik wat spiermassa. En ik heb gehoord dat ik een tijdje stemmingswisselingen krijg als mijn lichaam zich aanpast aan de medicatie. Het zal niet makkelijk worden. En daarna krijg ik... je weet wel...'

'Wat?' vroeg ik.

'O, kom op, Sam,' zei hij. 'Bedenk dat zelf maar.'

'Wat?' herhaalde ik.

'Borsten,' zei hij. 'Daarna krijg ik borsten.'

'O,' zei ik, een beetje duizelig, want ik kon het me niet eens voorstellen. 'Kunnen we even gaan zitten?'

'Natuurlijk,' zei hij en we gingen op de grond zitten. Ik zag nu voor het eerst dat zijn benen helemaal glad waren, terwijl de mijne de laatste tijd juist behaarder werden. 'Ik ben ze gaan scheren,' zei hij toen hij zag dat ik keek.

'Dat voelt vast heel raar,' zei ik.

'Eerst wel,' zei hij. 'Nu voelt het... alsof het helemaal klopt.'

Ik staarde voor me uit en hoorde ergens in de verte de rivier stromen. Er was nog iets wat ik wilde vragen, maar ik vond het een beetje pijnlijk om het onder woorden te brengen.

'En die pillen...' zei ik. 'Zorgen die ook dat je piemel eraf valt?'

'O, in godsnaam, Sam,' zei hij. Hij begon nu boos te worden. 'Waarom is dat het enige waar jij aan kan denken? Begrijp je niet dat het juiste gender hebben voor mij absoluut niets te maken heeft met wat er in mijn broek gebeurt? Ik heb genoeg van jou met je voortdurende piemelpraat. Het is gewoon een obsessie.'

‘Sorry,’ zei ik, geschrokken omdat hij zo boos werd.

‘Meen je dat? Je bent er zo sterk op gericht, je geeft niets om wat er in mijn hoofd of in de rest van mijn lichaam gebeurt. Kun je niet voor één keer ergens anders aan denken?’

‘Ja, goed,’ zei ik, en ik stak mijn handen verdedigend op. ‘Ik zei toch al sorry.’

‘Het zal wel,’ mompelde hij, en we liepen een tijdje verder zonder een woord te zeggen.

‘Waar ik me misschien nog het meeste zorgen over maak,’ zei hij uiteindelijk, weer op kalme toon, ‘is hoe het zal voelen om elke dag als vrouw te leven. Ik heb best een mannelijk gezicht, dus ik denk dat ik altijd op straat zal worden nagekeken en dat er altijd mensen zullen zijn die me uitschelden. De rest van mijn leven.’

Ik voelde woede opborrelen binnen in me. Een stelletje vreemden die hem uitlachen zonder dat ze weten hoe slim en aardig hij is! Ik zou nog het liefst altijd bij hem in de buurt blijven, alsof ik de oudere broer was en niet hij. ‘Hoe denk je dat je daarmee zal omgaan?’ vroeg ik.

‘Ik weet het niet,’ gaf hij toe. ‘Ik moet er misschien maar op hopen dat opvattingen veranderen. Dat de wereld eerder vriendelijk is dan wreed. En verder... ja, ik weet niet of er ooit iemand verliefd op me zal worden.’

‘Natuurlijk wel,’ zei ik. ‘Je bent fantastisch. Je bent altijd al fantastisch geweest. Wat voor een idioot zou dat nou niet kunnen zien?’

'Ze zou wel veel begrip moeten kunnen opbrengen. Het zal heel, heel moeilijk worden, dat is een ding wat ik zeker weet.'

'Maar toch wil je ermee doorgaan?' vroeg ik.

'Ik heb geen keus,' zei hij. 'Als ik het niet doe, is mijn hele leven een leugen. En zo kan ik niet leven. Wat er ook gebeurt, ik moet mezelf kunnen zijn.'

'En dat... Jessica-gedoe?' vroeg ik, want tante Rose had hem de hele avond met die naam aangesproken. 'Is dat ook voor altijd?'

'Ja,' zei hij. 'Jij kunt me ook zo noemen, als je wil.'

Ik dacht erover na en schudde mijn hoofd. 'Dat kan ik nog niet,' zei ik. 'Het spijt me, het komt wel. Ik doe echt mijn best. Maar jij bent mijn broer Jason en ik kan gewoon nog niet op een andere manier aan je denken. Je zult altijd mijn broer Jason zijn.'

Hij zuchtte en keek hoofdschuddend de andere kant uit. 'Maar dat ben ik niet,' zei hij. 'Begrijp je het nog steeds niet, Sam? Dat ben ik niet. Niet meer.'

8
Het verraad

Ik snapte eindelijk waarom mijn vader en moeder zo hard hadden gewerkt toen de premier aftrad en er, nog voor hij zijn verklaring helemaal had uitgesproken, nieuwsploegen voor ons huis opdoken, die wachtten tot mijn moeder ook een verklaring zou afleggen. Ze liet ze een uur in de kou staan voor ze met mijn vader naar buiten ging. Ze had heel duidelijk gemaakt dat ik niet achter hen aan mocht gaan of door een raam mocht kijken. En dus zette ik de tv aan en keek daarop naar haar. Het voelde wel een beetje vreemd, want ik hoefde maar een stukje naar achteren te leunen en ik kon ze allebei op ons stoepje zien staan, tegenover de fotografen die plaatjes schoten en de journalisten die vragen schreeuwden.

'Dit is een zeer verdrietige dag voor ons land,' zei mijn moeder. Ze keek somber maar vastberaden, en haar stem kwam zowel uit de televisie als van achter me, in stereo. 'Mijn dierbare vriend de premier heeft dit land ruim zeven jaar lang uitstekend gediend, en het doet pijn in mijn hart om hem te zien besluiten dat het tijd is voor nieuwe uitdagingen. Ik wil hem en zijn familie alle goeds toewensen bij de avonturen die voor hen liggen nu hij zijn ambt heeft neergelegd. In de afgelopen paar uur ben ik overspoeld door telefoontjes en berichten van collega's uit het parlement en van vrienden, die me vragen te overwegen mijzelf voor het leiderschap beschikbaar te stellen. Hoewel ik die positie nooit heb nagejaagd of gewenst, lijkt het duidelijk dat we op een cruciaal punt in de geschiedenis van ons eiland staan en dat ik mijn land het beste kan dienen door deze kans aan te grijpen. Ik laat aan anderen de keus of ze me al dan niet kunnen steunen.'

De journalisten begonnen allemaal door elkaar heen te schreeuwen. Zij glimlachte alleen en stapte de gang weer in, maar niet voordat ze hun nog één kans had gegeven om een foto van haar en mijn vader te maken, zwaaiend voor ons eigen huisnummer tien. Eenmaal binnen, met de deur stevig achter zich dicht, keek ze haar ongeveer tien partijgenoten die in de gang stonden aan voor geruststelling, en stuk voor stuk verklaarden die dat ze het uitstekend had gedaan, werkelijk uitstekend.

'Denken jullie dat iemand anders zich nog beschikbaar stelt?' vroeg ze, terwijl ze gespannen van de een naar de ander keek. 'Ik wil best worden binnengehaald als vanzelfsprekende troonopvolger, maar een overwinning zou wel beter zijn, vinden jullie niet? Ik heb liever het mandaat dat daarvan uitgaat.'

‘Hooguit Joe,’ zei mijn vader. ‘En we zullen binnen een uur weten wat hij van plan is, verwacht ik. Als hij niet wil, ben jij het. Maar zelfs als hij ervoor gaat, denk ik dat jij hoe dan ook wint. Jij hebt de overmacht.’

‘Ja, dat denk ik ook,’ zei mijn moeder. ‘Maar evengoed is het misschien niet zo slecht als hij zich kandidaat stelt. Als hij met stijl verliest, zou dat gunstig zijn voor ons allebei. Moeten we hem die boodschap sturen, denk je? Hem laten weten dat er een goede post voor hem in zit?’

‘Laten we gewoon even afwachten,’ zei mijn vader. ‘Blijf van de afstandsbediening af, Sam. Niemand zapt voor we weten wat er nu gaat gebeuren. De helft van de Londense media is nu onderweg naar Joe’s voordeur. Hij zal nu snel iets moeten zeggen.’

Het was nu een paar weken nadat ik bij tante Rose was weggegaan. Ik belde om de paar dagen met mijn broer Jason en vroeg dan of hij naar huis kwam, maar hij zei altijd dat hij dat niet kon, nog niet. Het was net als vroeger om met hem te praten en ik begon hem vragen te stellen over hoe hij zich voelde. Ik begon te begrijpen dat er aan de buitenkant wel dingen aan hem veranderden, maar dat hij vanbinnen nog dezelfde was.

Maar er was nog iets veranderd in mijn leven rond die tijd, iets waar ik niemand iets over had verteld: ik had een vriendin. Min of meer. Het was toevallig gebeurd – ik was absoluut niet op zoek geweest – maar evengoed was ik er heel blij mee, vooral omdat ik net veertien was geworden en merkte dat ik plotseling de hele dag aan meisjes moest denken, vanaf het moment dat ik wakker werd tot ik weer ging slapen. Er waren best een paar meisjes die ik leuk vond, maar allemaal om een andere reden.

TIEN MEISJES DIE IK LEUK VOND EN WAAROM

1 Penny Wilson, die vroeger met mijn broer Jason ging, want ik leek maar niet te kunnen vergeten hoe ik ze op een dag samen op bed betrapte en zij een roze beha onder haar witte blouse droeg.
2 Dominique Fugue, de oudere zus van mijn aartsvijand David Fugue, die een prachtige karamelkleurige huid had. Ik dacht heel vaak aan haar en probeerde het haar niet kwalijk te nemen dat ze zo'n broer had.
3 Kate Middleton. Ik wist niet waarom, maar ik keek altijd graag naar foto's van haar.
4 Sandra, het meisje achter de kassa bij de kantoorboekhandel om de hoek. Ik wist haar achternaam niet, want die stond niet op haar naamplaatje, maar ze had mooie ogen en zat altijd te lezen achter de toonbank.
5 Cheryl Tweedy. Vanzelfsprekend.
6 Mevrouw Whiteside, mijn lerares wiskunde, die uit Zuid-Afrika komt. Ik vond haar al heel lang leuk, vooral om hoe ze sprak, en soms boog ze zich over me heen als ik sommen zat te maken,

en dan rook ik haar parfum en viel ik bijna flauw.

7 Jivika Ghosh, die in hetzelfde jaar zat als mijn broer Jason en ook vrienden met hem was. Ze was gewoon ongelofelijk hot, en als ze me zag zei ze altijd: 'Hoi Sam!' en dan bloosde ik als een gek, maar ik vond het geweldig dat ze mijn naam kende.

8 Saoirse Ronan, ook al kon ik haar naam niet uitspreken (het is *Sier-sja*).

9 Het meisje op bladzijde 126 van de *Vogue* uit juni 2017, wat mijn favoriete nummer aller tijden was en altijd boven in mijn speciale doos met slotje achter in mijn kast lag.

10 Mijn nieuwe vriendin.

Het was allemaal begonnen op de dag nadat ik van tante Rose terug naar Londen was gegaan. Ik was naar het park gelopen en naast de vijver gaan zitten, en ik probeerde nog een stukje in *Het noorderlicht* te lezen. Ik hield mijn vingers onder de woorden en sprak ze hardop uit, als dat nodig was. Toen hoorde ik een stem mijn naam roepen.

'Sam,' zei ze. 'Jij bent toch Sam?'

Ik draaide me om en voelde mijn maag een paar salto's maken.

'Laura,' zei ik met een stem die ongeveer achttien octaven oversloeg. Dus hoestte ik en zei haar naam nog een keer, deze keer heel laag, alsof ik Morgan Freeman was. Ik had haar na Kerstmis niet meer gezien, maar ik had sindsdien veel aan haar gedacht.

'Je weet nog hoe ik heet!'

'Natuurlijk,' zei ik. 'Jij toch ook hoe ik heet.'

'Dat is waar,' zei ze lachend. 'Wat doe je hier?'

Ik haalde mijn schouders op en knikte in de richting van de vijver. 'Niet veel,' zei ik, terwijl ik mijn boek dichtsloeg. 'Ik probeer te bedenken waarom die eenden gelukkiger lijken dan ik.'

Ze glimlachte en kwam naast me zitten. Ze zat zo dicht bij me dat onze knieën elkaar bijna raakten. 'Ik kwam naar de tuinen kijken,' zei ze. 'Heb je ze de laatste tijd nog gezien?'

'Ik ben erdoorheen gelopen,' zei ik, mijn gezicht fronsend. 'Maar ik heb waarschijnlijk niet echt gekéken. In elk geval niet zoals jij kijkt.'

'Dit is zo'n magische tijd van het jaar,' zei ze en haar gezicht lichtte nu op. 'Als er allemaal nieuwe knoppen komen.'

'Ben je altijd al met bloemen bezig?' vroeg ik.

'Ja, zolang ik me kan herinneren,' zei ze. 'Maar niet alleen met bloemen. Ook met planten. En met bomen. Mijn vader heeft een boek dat *Ontmoetingen met bijzondere bomen* heet, met alleen maar foto's van geweldige bomen van over de hele wereld en daar kijk ik de hele tijd in. Op een dag wil ik ze allemaal bezoeken.'

Ik keek om me heen. Er stonden overal bomen, maar ik moest toegeven dat ik eerder nooit echt op ze had gelet. Toch zagen ze eruit alsof ze er al eeuwen stonden en ik vroeg me af hoe vaak ze andere jongens

– van mijn leeftijd bedoel ik – hier hadden zien zitten, vol zelfmedelijden, precies zoals ik nu.

'Dat was echt erg, hè,' zei Laura, toen ik een tijdje niets had gezegd. 'Kerstmis, bedoel ik. Al die politiek. En mijn vader die bij jouw moeder zat te slijmen zodat ze hem een goede baan geeft als ze premier wordt.'

'Je denkt toch niet dat dat echt gaat gebeuren, hè?' vroeg ik. 'Ik hoop zo van niet.'

'Echt? Ik had gedacht dat je dat wel zou willen.'

'Ik zie haar nu al bijna nooit,' zei ik. 'Als ze premier wordt, is het helemaal afgelopen. Dan zie ik haar waarschijnlijk pas op mijn trouwdag weer.'

'O ja?' vroeg Laura, giechelend. 'Heb je al iemand op het oog, dan?'

Ik lachte en bloosde een beetje. 'Dat was bij wijze van spreken,' zei ik.

'Nou, het spijt me dat ik het zeg,' zei ze, 'maar het lijkt me al een uitgemaakte zaak. Tenzij er nog iemand komt die haar plannen door de war schopt. Toch lijkt het me wel interessant om op Downing Street 10 te wonen.'

'Ik ben heel gelukkig op Rutherford Road 10,' zei ik.

We zaten een tijdje zwijgend naar het water te kijken en toen kwam er een oude vrouw aanlopen, die een paar sneetjes brood voor de eenden uit haar tas haalde. Ze kwamen gretig naar haar toe zwemmen en staken hun koppen onder water om het brood tot het laatste kruimeltje op te duiken. Een paar kwamen zelfs de kant op om aan haar voeten te wachten tot er iets op de grond zou vallen.

'Hoe gaat het met je broer?' vroeg Laura.

'Mijn broer?'

'Ja, ik heb hem toen niet ontmoet, weet je nog? Met kerst was hij vrijwilligerswerk aan het doen in die daklozenopvang. Of dat beweerde je moeder althans, maar ik geloofde haar niet.'

'O ja,' zei ik, en zonder dat ik het wilde, begon ik te lachen.

'Wat is er zo grappig?' vroeg ze.

'Niets,' zei ik.

'Kom op, er moet iets zijn.'

Ik draaide me naar haar toe en we keken elkaar aan. Ik voelde dat ik met haar kon praten. Ik voelde dat ik haar kon vertrouwen.

'Je had gelijk,' zei ik. 'Hij deed helemaal geen vrijwilligerswerk. Mijn moeder had dat gewoon verzonnen.'

'Waar was hij dan?' vroeg ze.

Ik leunde naar voren en sloeg mijn handen voor mijn gezicht. Ik huilde niet – ik kwam niet eens in de buurt van huilen – maar ik moest me even van de wereld afsluiten. Ze zei niets, verbrak de stilte niet, en daar was ik blij om. Toen ik weer rechtop ging zitten, begon ik te praten, maar ik keek haar niet aan en keek in plaats daarvan naar het water.

'Vorig jaar zomer,' zei ik, 'heeft hij ons verteld dat hij geen jongen meer wilde zijn. Of liever: dat hij niet meer geloofde dat hij een jongen was. Of ooit was geweest. Hij denkt dat hij een meisje is. Ik weet dat het belachelijk klinkt, maar...'

'Dat klinkt helemaal niet belachelijk,' zei Laura zacht en ze pakte mijn hand, en dat voelde zo fijn. Ze had een heel zachte huid en ik vond het fijn om haar vingers om de mijne heen te voelen.

'Mijn vader en moeder willen niet dat hij een meisje is, dus hebben ze hem naar een psycholoog gestuurd die op de zanger van Coldplay lijkt en gezegd dat hij het er niet meer over moest hebben, maar dat deed hij wel en dus is hij vlak voor Kerstmis het huis uit gelopen en hij is nog steeds niet terug. Hij logeert bij mijn tante Rose, die een paard heeft dat Bertie Wooster heet, en zij noemt hem Jessica, want zo wil hij nu heten, en hij draagt meisjeskleren en heeft parfum op en hij heeft ook een paardenstaart, ook al heb ik zijn vorige staart afgeknipt, en nu doet thuis iedereen alsof hij niet bestaat en hebben ze in geen tijden over hem gesproken.'

En toen begon ik toch te huilen, maar niet zo heftig, gewoon een paar tranen, en ik veegde ze weg met de hand die Laura niet vasthield. We zeiden een hele poos niets en uiteindelijk verbrak zij de stilte.

'Heb je ooit het idee gehad dat iets heel erg belangrijk was,' vroeg ze, 'terwijl je je dan later, toen het achter de rug was, afvroeg waarom je dat eigenlijk ooit had gedacht?'

Ik keek haar aan en fronste. 'Zoiets,' zei ik. 'Niet echt. Ik weet het niet. Hè?'

'Zo'n acht jaar geleden,' zei ze, 'toen ik nog maar zes was, is mijn vader een tijdje bij mijn moeder weg geweest. Hij had iemand anders en hij heeft zelfs een baby met haar gekregen, mijn halfbroertje Damian. Ik was toen nog klein en ik vond het heel erg, want mijn hele familie viel uit elkaar. Het stond destijds ook in alle kranten, want mijn vader was net in het schaduwkabinet benoemd en het was een echt schandaal. Nou ja, ik dacht dus dat dit het ergste was wat er in de hele wereldgeschiedenis was gebeurd, maar uiteindelijk werd alles weer rustig en kwamen mijn ouders zelfs weer bij elkaar, en ik zie mijn kleine broertje best vaak en hij is zo leuk. Ik kan me mijn leven niet meer voorstellen zonder hem. Hij is echt de leukste van de hele wereld. Maar op dat moment leek het een enorm drama, en uiteindelijk was het...' Ze dacht er even over na. 'Ik weet niet,' zei ze. 'Het ging gewoon voorbij.'

'Dat wist ik allemaal niet,' zei ik.

'Ja, waarom zou je dat ook weten? Het is ook al zo lang geleden. Maar wat ik wil zeggen is dat zelfs als iets op een dag heel groot lijkt, het meestal gewoon voorbijgaat. En dan kijk je terug en vraag je je af waar dat drama voor nodig was. Misschien gaat het ook zo met je broer. Het is nu natuurlijk heel zwaar en heel moeilijk. Voor jou, voor je ouders en vooral voor hem. Maar stel je voor dat het allemaal in orde kwam en iedereen accepteerde wat hij zei en hij gelukkig werd, en dat het vijf jaar later is en iedereen weer gelukkig is. Zou je dan niet terugkijken op vandaag en je afvragen: waar was al dat gedoe voor nodig?'

Ik haalde mijn schouders op. 'Misschien,' zei ik. 'Maar ik weet nog steeds niet of het allemaal zo makkelijk zal gaan.'

'Waarom niet?'

'Dat geloof ik gewoon niet,' zei ik.

'Maar waarom niet?' hield ze vol. 'Wat is er mis mee als mensen dingen uitzoeken en besluiten dat ze gelukkig willen zijn?'

'Zoals jij het zegt, klinkt het makkelijk,' zei ik. 'Maar alles valt nu uit elkaar. Mijn hele familie. Ik weet niet eens waar ík over een paar maanden woon, laat staan waar hij moet wonen.'

'Sam,' zei ze en haar stem was nu veel zachter. Ze klonk heel serieus. 'Ik moet je iets heel belangrijks vertellen.'

'Oké,' zei ik.

'Nee, draai deze kant op. Je moet me recht aankijken als ik dit zeg, want het is iets wat je de rest van je leven zult onthouden.'

Ik deed wat Laura vroeg, draaide me naar haar toe en keek haar recht aan. Onze gezichten waren niet zo ver van elkaar en ik werd een beetje duizelig terwijl ik naar haar keek. Op dat moment bestond de rest van de wereld niet eens. 'Nou?' vroeg ik. 'Wat wilde je vertellen?'

'Dit,' zei ze en ze leunde naar voren en kuste me. Haar lippen raakten de mijne en ook al was ik totaal overdonderd, ik bleek precies te weten wat ik moest doen. Ik ontspande mijn lichaam en mijn gezicht en kuste haar terug. En toen, bijna even snel als de kus was begonnen, was hij weer afgelopen. 'Toen ik zei dat je broer knap was, met Kerstmis,' zei ze, 'zei ik ook dat je op hem leek, weet je nog? Maar hij is echt best wel oud, zeg maar. Wat ik eigenlijk wilde zeggen is dat jíj knap bent.'

'O,' zei ik, terwijl ik achteroverleunde en me totaal verwonderd voelde. Ik kon er niets aan doen, ik had een stijve en ik was bang dat ze naar beneden zou kijken en zou denken dat ik een echte viezerik was. 'Dank je.'

'Je hoeft me niet te bedanken,' zei ze met een glimlach.

'Oké.'

'Was dat je eerste kus?'

'Natuurlijk niet,' zei ik, en ik probeerde te lachen met alle zelfverzekerdheid die ik kon opbrengen. 'Ik heb zo veel meisjes gekust. Honderden. Misschien wel duizenden.'

'Echt?'

'Nee. Alleen jou.'

'Oké.'

'En jij?' vroeg ik.

'Ik heb één andere jongen gekust. Maar daarna deed hij niet zo aardig tegen me, dus ik wil niet over hem praten.'

'Prima,' zei ik en ik pakte haar hand weer en hield hem stevig vast, en we zeiden heel lang niets, zaten alleen naar de eenden te kijken. En na een tijdje voelde ik dat ze haar hoofd op mijn schouder had gelegd en hoewel ik haar dolgraag nog eens wilde kussen, wilde ik ook dat ze bleef liggen waar ze lag en dus zei ik niets en zij zei ook niets, en alles bij elkaar was het een perfecte middag.

'Je vertelt het toch aan niemand, hè?' vroeg ik toen we een paar uur later afscheid namen bij het metrostation, na nog veel meer kussen en plannen om elkaar dit weekend weer te zien en samen naar de film te gaan. 'Over mijn broer, bedoel ik. Je zegt er niets over?'

'Natuurlijk niet,' zei ze, met zo'n dichtritsgebaar over haar lippen. 'Mijn mond zit dicht.'

Thuis stond de politieke toekomst van mijn moeder weer op de agenda. Er kwamen steeds meer mensen naar ons huis – mensen van de partij, mensen van het kiesdistrict – en bijna iedereen leek een telefoon tegen zijn oor gedrukt te hebben en een iPad vast te houden. Ik stond bij mijn moeder toen er een medewerker naar haar toe kwam en haar bij de arm nam.

'Ik heb het net gehoord,' zei hij. 'Van Joe's mensen. Hij stelt zich niet beschikbaar.'

Mijn moeder deed een stap achteruit en sloeg haar hand voor haar mond. 'Dan is het dus voorbij?' vroeg ze. 'Ik ben de enige? Ik krijg geen tegenstanders?'

'Daar ziet het wel naar uit,' zei hij. 'Joe staat op het punt zijn verklaring af te leggen en dan, als het klopt wat ik heb gehoord, zal de partij zich achter je scharen. Er is geen twijfel. Natuurlijk wil hij wel een goede post...'

'Natuurlijk,' zei mijn moeder. Ze keek weg, en ik zag dat ze wegzonk in gedachten over de toekomst. 'En dat is wel zo eerlijk. Maar niet te groot, denk ik. Niets waarbij hij me op de lange termijn problemen kan bezorgen. Dus niet een van de grote vier. Gezondheidszorg misschien. Of defensie.'

'Ja, of...'

Er klonk een kreet uit de woonkamer en ik hoorde dat een van de partijmedewerkers ons riep. We holden erheen en staarden naar de televisie. Even zei niemand een woord.

'Ik snap het niet,' zei mijn moeder ten slotte, en ze keek een beetje fronsend naar het scherm. 'Dat is niet het huis van Joe.'

'Dat moet wel,' zei een van de partijmedewerkers. 'Waarom zouden de nieuwsploegen daar anders zijn?'

'Nee, ik ben bij Joe thuis geweest,' zei mijn moeder. 'Dat ziet er heel anders uit.'

'Wiens huis is het dan wel?' vroeg mijn vader.

'Ik weet het niet precies. Het komt me wel bekend voor, maar...'

En toen werd het stil in de kamer, toen Joe in zijn eentje naar buiten kwam en voor de camera's ging staan. Hij had een paar vellen papier in zijn hand en herhaalde praktisch woord voor woord wat mijn moeder eerder had gezegd over de premier aan wie het land zo veel te danken had. Maar toen begon hij een beetje af te wijken.

'En nu komt het moment dat de partij, en het land, een nieuwe leider moet zien te vinden,' zei hij. 'Zoals jullie weten heb ik tijdens mijn jaren bij de overheid veel verschillende ministeries gediend en dat is altijd een eer voor me geweest. En als ik tien jaar jonger was geweest, zou ik misschien bereid zijn geweest de ultieme uitdaging aan te gaan en mijn naam naar voren te schuiven voor de post van eerste minister. Maar ik ben geen tien jaar jonger, en ik moet eerlijk bekennen dat ik vind dat mijn tijd voorbij is.'

Mijn moeder keek naar mijn vader en hij sloeg zijn arm om haar heen en trok haar stevig tegen zich aan, terwijl iedereen juichte. Pas toen Joe weer begon te praten werd het stil in de kamer.

'Op momenten als deze,' ging hij verder, 'wanneer we in potentie kijken naar de volgende tien jaar landbestuur, moeten we ons natuurlijk afvragen: wie is de beste man voor deze klus? Wie is het goede gezicht voor ons land? Willen we onze grote tradities voortzetten of ons openstellen voor moderniteiten die, volgens sommigen, zowel zorgwekkend en aanstootgevend zijn?'

'Waar loopt hij in vredesnaam over te raaskallen?' vroeg mijn vader, maar mijn moeder zei niets en ik zag dat ze al een paar stappen vooruitdacht. Er gleed een klein glimlachje over haar lippen toen ze zag wat er daarna op het scherm gebeurde. En terwijl alle anderen in de kamer geschrokken naar adem hapten, deed zij alleen even haar ogen dicht, met een gezichtsuitdrukking die zei: natuurlijk!

Want in de deuropening achter Joe verschenen drie mensen. Bobby en Stephanie Brewster, onze gasten met Kerstmis, en Laura, hun dochter, mijn vriendin, die bleker en mooier was dan ooit, maar die trilde, zag ik, en bijna in tranen was. Ze beefde over haar hele lichaam.

'En om die reden,' ging Joe verder, 'ondanks de bijzondere talenten van Deborah Waver, die in de jaren die voor ons liggen nog zo veel bij te dragen heeft aan ons openbare leven, lijkt Bobby Brewster mij de man die onze regering en ons land moet leiden. Jullie kennen Bobby allemaal als een toegewijd landsdienaar, een man van het volk, een man met een – als u mij de politiek incorrecte term kunt vergeven – normáál gezin.'

'Nou nou,' zei Bobby, die een beetje lachte en zijn hoofd schudde.

'Nee, daar bedoel ik natuurlijk niets mee,' zei Joe. 'En laat er geen misverstand over bestaan dat de problemen in Deborah Wavers gezin, met name de psychiatrische problemen van haar oudste zoon – die inderdaad haar zóón is, ongeacht hoe hij er zelf over denkt – geen enkele rol spelen bij mijn beslissing om Bobby te steunen. Ik vind het alleen belangrijk dat we toch vasthouden aan een bepaalde standaard. En dus, dames en heren, is hier de volgende premier van Groot-Brittannië en Noord-Ierland: Bobby Brewster!'

Bobby deed een stap naar voren terwijl de camera's klikten, en hoewel hij bijna vijf minuten sprak, hoorde ik bijna niets van wat hij zei. Het was stil in de kamer en ik zag mijn vader en moeder allebei zacht beven van woede en ongeloof.

'Nou, dat is het dan,' zei mijn moeder toen hij uitgesproken was en de familie weer naar binnen was gegaan. Ze draaide zich om en keek de kamer rond. 'Het is voorbij.'

En er was helemaal niemand die haar tegensprak.

Ik liep de gang in, op weg naar mijn kamer, wat zo'n beetje de enige plek in huis was waar geen partijmedewerkers zaten, maar onderweg hoorde ik de telefoon gaan. Ik stond er even naar te staren; ik wilde niet opnemen, want het zou vast en zeker een journalist zijn die een reactie wilde horen. Maar de telefoon bleef zo lang gaan dat het geluid irritant begon te worden, dus bracht ik hem naar mijn oor.

'Hallo?' zei ik.

'Sam,' zei een paniekerige stem aan de andere kant. 'Met mij, Laura. Sam, het spijt me zo. Ik wilde het aan niemand vertellen en dat zou ik ook nooit hebben gedaan als ik had geweten dat er zoiets zou gebeuren. Ik heb het alleen aan mijn moeder verteld omdat ik wilde weten wat zij ervan vond en ze leek het te begrijpen want ze zei...'

De rest van wat ze zei hoorde ik niet meer. Ik had al opgehangen en liep langzaam de trap op naar mijn kamer, waar ik de deur achter me op slot deed en zwoer dat ik nooit meer iemand zou vertrouwen, de rest van mijn leven niet.

9
Een jongen spelen

TIEN DINGEN DIE DE KRANTEN OVER MIJN FAMILIE SCHREVEN DIE NIET KLOPTEN

1 Dat ik dertien was (*Sun*). Nee, ik was inmiddels veertien.

2 Dat mijn vader en moeder elkaar op een partijbijeenkomst hadden ontmoet en dat mijn moeder mijn vader mee uitvroeg (*Mirror*). Nee, ze hebben elkaar in de foyer van een theater ontmoet en mijn vader vroeg mijn moeder mee uit.

3 Dat we elf au pairs in zes jaar hadden versleten en dat 'die arme meisjes allemaal vertrokken zijn nadat er buitensporige eisen aan hen werden gesteld' (*The Times*) Niet helemaal juist, maar wel bijna. Want één van die arme meisjes was een arme jongen.

4 Dat mijn vader een grote fan van Boyzone was (*Irish Times*). Nee, hij is een grote fan van Westlife. En er is een verschil.

5 Dat mijn moeder al vanaf het begin van haar

parlementaire carrière complotten smeedt tegen de premier (*Guardian*). Nee, ik heb haar tegen mijn vader horen zeggen dat ze dat pas is gaan doen toen ze in het kabinet kwam.

6 Dat tante Rose een verhouding heeft gehad met Mick Jagger én met Mick Jaggers zoon. Dat ze in een café een man heeft proberen te doden die over de voordelen van windturbines sprak. Dat ze de penvriendin is van negen verschillende terdoodveroordeelden in Amerika (*Daily Mail*). Ik weet eigenlijk niet of daar iets van waar is, maar het zou kunnen.

7 Dat ik lid was van de klimclub op school (*Telegraph*). Nee, en ik heb letterlijk geen idee waar ze dat vandaan halen. We hebben niet eens een klimclub op school. Voor zover ik weet, dan.

8 Dat mijn broer Jason aan een psychische stoornis leed en mijn vader en moeder professionals geconsulteerd hebben met de vraag of hij kon worden opgenomen in een tehuis voor gestoorde mensen (*Daily Express*). Nee, dat zouden ze nooit doen.

9 Dat mijn vader en moeder Rutherford Road 10 hadden gekocht in afwachting van de dag dat ze zich ervoor konden laten fotograferen voor ze naar Downing Street 10 zouden verhuizen (*Observer*). Nee, het huis was eerst van mijn vaders ouders en hij heeft het van hen geërfd.

10 Dat mijn vader en mijn moeder al ruim twee

maanden niet met Jason hebben gesproken (*Sun, Mirror, Times, Irish Times, Guardian, Daily Mail, Telegraph, Financial Times, Observer*).

Oké, eigenlijk zijn er dus negen dingen die de kranten over mijn familie schreven die niet klopten.

Het heeft iets heel raars om in een klas te zitten waar iedereen weet dat je broer denkt dat hij een meisje is, je moeder zich verkiesbaar heeft gesteld als premier en je familie elke dag in de krant staat. Ze weten niet hoe ze tegen je moeten praten, maar intussen willen ze allemaal precies weten wat er thuis gebeurt. Ze vinden je raar, maar toch zijn ze jaloers op alle opwinding in je leven omdat ze zelf zulke saaie levens hebben. Maar ik wilde alleen maar dat ze me met rust lieten. Er waren elke dag al genoeg mensen die me aanstaarden als ik ons huis in of uit ging zonder dat dat ook nog eens op school hoefde te gebeuren. Onzichtbaar zijn was altijd de beste optie.

Laura belde nog een paar keer in de twee weken voordat de partij ging stemmen, maar ik wilde haar niet spreken. Onze schoonmaker, die in onze logeerkamer bleef overnachten zodat ze kon helpen met ontbijt, lunch en avondeten nu mijn ouders het zo druk hadden, bemande ook de telefoon en zei ten slotte tegen mijn inmiddels ex-vriendin dat de politie zou worden ingeschakeld als ze bleef bellen. Ik voelde me ellendig toen ik dat gesprek opving, want ik miste Laura en ik miste het écht om haar te kussen, maar ik kon het haar gewoon niet vergeven.

Ik had nooit gewild dat mijn moeder premier zou worden, maar ik wist dat dat al heel lang haar ambitie was en dus begon ik toch te hopen dat het haar zou lukken. Per slot van rekening was ze heel goed in haar werk en wilde ze van het land een betere plek om te leven maken. Eigenlijk was het al duidelijk als je zag hoe hard ze werkte, hoe lang ze elke avond opbleef om documenten te lezen. De zin die ik haar telkens weer hoorde zeggen als ze beleidslijnen besprak met haar adviseurs was: *Maar zal dat het leven van de mensen beter maken?*

Tijdens die twee weken was het mijn taak om zo veel mogelijk te helpen, alle lege flessen en etensbakjes twee keer per dag naar de vuilcontainers te brengen, niet in de weg te lopen en – op straffe des doods – niets, maar dan ook absoluut níéts te zeggen tegen de journalisten die buiten stonden.

Normaal gesproken zou ik nu weer op de fiets naar school gaan, want het was veel beter weer geworden, maar omdat we zo veel aandacht kregen, haalde Bradley me elke ochtend om acht uur op. Hij was meedogenloos als hij de oprit op beende, links en recht journalisten aan de kant duwde, me praktisch optilde uit de deuropening en me op de achterbank van de auto smeet.

'Heb je nooit zin om te zeggen dat ze moeten ophoepelen?' vroeg hij toen dit eindeloze drama vier dagen aan de gang was. 'Als ze voor mijn huis stonden, zou ik de tuinslang erop zetten. Echt wel!'

Ik lachte. Ik vond het wel een goed idee. 'Mijn moeder vermoordt me als ik dat doe,' zei ik.

'Ze komt er wel overheen,' zei Bradley.

'Het duurt nu nog maar een paar dagen,' zei ik. 'Dan heeft ze of gewonnen, of verloren. En dan zullen ze wel weggaan, denk ik.'

'Niet als ze wint,' zei hij. 'Als dat gebeurt zit je voor altijd met ze opgescheept.'

Ik zei niets.

De kranten begonnen steeds meer over mijn broer Jason te schrijven en probeerden hem zo abnormaal mogelijk af te schilderen. *Zoon Waver is travo*! schreef er een. *Wavers zoon is meisje! Zoon Wavers wankele gender!* Het ging maar door. En hoewel alle journalisten hem probeerden op te sporen, liet hij zich nog steeds niet horen of zien. Tante Rose zei dat hij een tijdje bij een vriendin van haar logeerde tot al het gedoe weer overgewaaid zou zijn. Er waren ook een of twee kranten die zijn kant kozen en artikelen publiceerden over jonge mensen die dezelfde keuze in hun leven hadden gemaakt, en toen ik die las, leek het alsof alles voor hen uiteindelijk prima in orde was gekomen.

'Moeten we de politie vragen naar hem op zoek te gaan?' vroeg mijn moeder tijdens een van die zeldzame keren dat zij, mijn vader en ik alleen waren, 's avonds laat, toen alle adviseurs naar huis waren en de journalisten hun spullen ook hadden ingepakt.

'Ik weet niet of dat zin heeft,' zei mijn vader. 'Hij is niet ontvoerd of zo. We weten dat hij naar Rose is gegaan en nu weten we dat Rose hem ergens anders naartoe heeft gestuurd. Volgens haar is hij volkomen veilig, maar ze wil niet vertellen waar hij is voordat Jason zegt dat hij dat oké vindt. Ik weet zeker dat hij niet in gevaar is en dat we van hem zullen horen als hij er klaar voor is.'

'Maar ik ben zo bezorgd over hem,' zei mijn moeder, nu een beetje schor.

'Ik ook,' zei mijn vader. Hij keek naar de grond en de stilte tussen ons drieën begon ongemakkelijk te worden.

'Als jullie echt zo bezorgd over hem waren,' zei ik ten slotte, 'dan hadden jullie hem er niet uit gegooid.'

'We hebben hem er niet...' begon mijn vader, maar mijn moeder legde zacht een hand op zijn arm om hem het zwijgen op te leggen.

'Misschien hebben we hem er niet echt uit gegooid,' zei ze zacht, 'maar we hebben het hem wel onmogelijk gemaakt om hier te blijven. Het is onze schuld dat hij weg is en als er iets met hem gebeurt, is dat ook onze schuld.'

En toen deed ze iets wat ik nooit zo goed trek. Ze sloeg haar handen voor haar gezicht en begon te huilen. Ik staarde haar geschokt aan en wist niet wat ik moest doen. Maar na een tijdje sloeg mijn vader zijn armen om haar heen en tot mijn grote schrik begon hij ook te huilen. Het enige wat ik nu wilde doen, was gillend de kamer uit rennen.

'Niet huilen,' zei ik, maar ze letten niet op me. 'Niet huilen!' zei ik nog eens, nu harder, en ik stond op. 'Dat helpt toch niet.'

'Hij heeft gelijk,' zei mijn vader, terwijl hij zijn ogen droogde. 'We moeten proactiever zijn.'

'We hadden beter naar hem moeten luisteren,' zei mijn moeder. 'We hadden moeten proberen het te begrijpen. Want wat heeft dit allemaal voor zin...' – en nu pakte ze een krant met haar foto naast die van Bobby Brewster op de voorpagina – 'als Jason niet hier is om het met ons te delen? We hebben hem weggejaagd, dat is de waarheid. Hoe kan ik verdomme beweren dat ik voor zestig miljoen mensen kan zorgen als ik niet eens voor één mens kan zorgen?'

Mijn vader begon weer te huilen, en nu nam ze zijn hand in de hare en hield hem stevig vast. Ze praatten met elkaar alsof ik er niet eens bij was.

'Weet je nog toen we elkaar voor het eerst ontmoetten?' vroeg ze.

'Natuurlijk. In dat theater op Shaftesbury Avenue.'

'En toen we verkering kregen, al die dingen waar we over praatten? Alle toekomstplannen die we hadden, hoe we het land beter zouden maken? Zelfs als ik win, wat nu praktisch onmogelijk is, brengt dat Jason niet terug naar huis. Misschien drijft hij daardoor alleen maar verder van ons af. O god, Alan, wat hebben we hem aangedaan? Hoe hebben we zo achteloos kunnen omspringen met onze eigen zoon?'

En toen zeiden ze niets meer en begonnen ze weer

te huilen, en ik ging naar mijn kamer, maar pas nadat ik eerst de deur van mijn broer Jasons kamer had opengedaan en even was blijven kijken naar zijn posters, zijn boeken en het bed waarin hij al tijden niet had geslapen.

'Waar zit je?' vroeg ik hardop.

Ze stond me op te wachten toen ik uit school kwam, halverwege mijn huis en het park. Ik denk dat ik haar al zag voor ze mij zag, en een deel van me wilde zich omdraaien en een andere weg naar huis nemen, maar ik wist dat ik dat niet kon omdat ik haar zo miste. Want ze was toch mijn vriendin. Of dat was ze geweest, een paar weken. Het eerste meisje dat ik had gekust. En het was niet alleen dat ik haar nog eens wilde kussen – al wilde ik dat wel, heel graag – maar ik vond haar ook echt leuk.

'Sam,' zei ze toen ik dichterbij kwam, en ik bleef even met gebogen hoofd op de stoep staan voor ik besloot om naar haar toe te lopen.

'Misschien kunnen we elkaar beter niet zien,' zei ik. 'Als een journalist ons samen ziet...'

'Ik ben die journalisten spuugzat,' zei ze. 'Jij niet?'

'Natuurlijk wel,' antwoordde ik, want ik vond het verschrikkelijk om iedere keer dat ik het huis in of uit moest spitsroeden tussen hen door te moeten lopen. 'Het is al zo erg dat ik weet hoe de meeste heten.'

'Ik ook,' zei ze. 'Ze komen elke ochtend om zes uur 's morgens en beginnen te schreeuwen zodra een van ons de voordeur opendoet.'

Ik glimlachte en wilde tegen haar schreeuwen, bij haar weglopen, haar knuffelen en haar kussen, alles tegelijk. Uiteindelijk vroeg ik alleen of ze een stukje door het park wilde lopen en tot mijn opluchting zei ze ja.

'Je hebt al mijn telefoontjes genegeerd,' zei ze. We liepen tussen de bloembedden, maar ze keek er niet eens naar, hoewel de lentebloemen nu in bloei begonnen te komen. Ze keek alleen naar mij. 'Ik ben gestopt met bellen. Een meisje kan maar zó veel afwijzingen hebben, weet je.'

'Maar als ik je zou vertellen...' begon ik. 'Ik heb dat in vertrouwen aan je verteld. Het was privé. Ik vertrouwde je, Laura.'

'Ik weet het,' zei ze. 'En ik wilde je echt niet verraden. Ik wilde je helpen, echt waar, maar ik wist dat ik dat niet kon als ik het niet zou begrijpen. Dus ben ik naar de bibliotheek gegaan om er iets over te lezen, maar ik kon niets vinden. En toen ik op internet ging zoeken, waren al die sites geblokkeerd.'

'Iedereen weet hoe je dat kunt omzeilen!'

'Weet jij dat dan?'

'Ja, dat heeft mijn broer Jason me laten zien.'

'Nou, maar ik héb geen broer Jason, Sam.'

'Het is trouwens geen porno,' zei ik. 'Dus het hoort niet geblokkeerd te zijn. Het gaat om het leven van mensen.'

'Ik weet het, maar zo werkt internet nou eenmaal. Maar goed, toen heb ik het aan mijn moeder verteld.

Ik wilde horen wat zij ervan wist. Ik dacht dat het tussen ons zou blijven, maar zij vertelde het aan mijn vader. En ik denk dat hij besloot dat dit iets was wat hij kon gebruiken om zelf het leiderschap te krijgen. Ik wist niet eens dat hij daar interesse in had. Hij zei altijd dat hij van plan was je moeder te steunen.'

'Dat dacht zij ook.'

'Ik denk dat hij gewoon een kans zag en die gegrepen heeft.'

'Tof.'

'Als het een beetje een troost is, Sam,' zei ze, 'ik ben woedend op hem.'

'Niet veel,' zei ik. 'Maar toch wel fijn dat je het zegt.'

Toen zeiden we een tijdje niets, we wandelden alleen, en ik wilde zo verschrikkelijk graag haar hand pakken, maar ik kon me er niet toe zetten. Ik was nog steeds boos op haar, en op mezelf omdat ik haar vertrouwd had, en ik wilde dat ze dat zou begrijpen.

'Hoe gaat het eigenlijk met hem?' vroeg ze ten slotte.

'Met wie?'

'Met je broer Jason.'

'Ik weet het niet,' zei ik schouderophalend.

'Heb je hem niet meer gezien?'

'Nee.'

'En niets van hem gehoord?'

'We bellen soms, maar de laatste keer is al meer dan een week geleden. Ik heb hem niet meer gesproken sinds het verhaal in de kranten stond.'

'Zit hij dan niet meer bij je tante?'

Ik schudde mijn hoofd en vertelde haar alles wat we wisten. Dat tante Rose hem naar een van haar hippievriendinnen had gestuurd, maar dat hij binnenkort terug zou komen. Het enige wat we zeker wisten was dat hij, waar hij ook was, gekleed zou zijn als Jessica en niet als Jason. En daar maakte ik me nog het meeste zorgen over. Ik wist dat er mensen waren die geen seconde zouden aarzelen om iemand als hij in elkaar te slaan, als ze hem 's avonds laat op straat zagen. Daar had ik in de kranten over gelezen. En als zijn eigen broer zijn staart al afknipte, wat zou een volslagen vreemde hem dan aandoen?

'Hij kan niet zomaar in rook zijn opgegaan,' zei Laura hoofdschuddend.

'Natuurlijk niet,' zei ik en mijn stem klonk harder van frustratie. 'Hij is veilig, dat weten we, maar hij wil niet met ons praten. Omdat zijn eigen familie hem behandeld heeft alsof hij abnormaal is. Hij zal wel over mijn moeder in de krant hebben gelezen en gedacht hebben dat hij beter weg kon blijven, want anders zou hij haar stemmen kosten binnen de partij. Misschien zie ik hem wel nooit meer terug, en hij was... hij was de beste grote broer...' Ik ging op een bankje zitten en voelde mijn handen tot vuisten ballen. Ik wilde dat ik iets kon slaan. Of dat er iemand naar me toe kwam om mij te slaan. Wat dan ook, als er maar iets gebeurde wat deze verschrikkelijke pijn kon laten verdwijnen.

'Ik weet zeker dat hij terugkomt,' zei Laura.

‘Hoe kun je dat zo zeker weten?’ vroeg ik, nu schreeuwend. ‘Dat kan toch niemand weten? Jij hebt hem zelfs nog nooit ontmoet! Je kent hem helemaal niet. Je weet niet wat er in zijn hoofd gebeurt. Ik had er voor hem moeten zijn, en ik was er niet. Hij was mijn broer Jason,’ zei ik. ‘En wat maakte het uit of hij een staart in zijn haar wilde of een jurk droeg of zich opmaakte of zich Jessica noemde? Helemaal niets. Ik heb hem in de steek gelaten, dat is wat er is gebeurd. Dit is allemaal mijn schuld.’

‘Nee, het is mijn schuld,’ zei ze en ze ging naast me zitten en nam me in haar armen. Ik liet haar maar en ondanks alle pijn die ik voelde en de spijt die door mijn hoofd ging, kreeg ik meteen een stijve toen ze haar armen om me heen sloeg. Ik haatte mezelf erom, maar ik kon er niets aan doen. Zo’n stijve doet zijn eigen zin.

‘Laat me gewoon met rust,’ zei ik en ik duwde haar weg. ‘Als jij niet met je moeder had gepraat...’

‘Ik heb al gezegd hoeveel spijt ik daarvan heb,’ zei ze.

‘Maakt niet uit, Laura,’ zei ik, en ik stond op en veegde mijn tranen weg. Ik voelde de volgende zin al in mijn hoofd opkomen en ik wilde hem niet uitspreken, maar hij kwam er toch uit. ‘Ik wil je niet meer zien. Nooit meer.’

‘Als ik terug kon gaan in de tijd en de dingen veranderen...’

‘Maar dat kun je niet.’

'Ik heb het niet zo bedoeld.'

'Maar je hebt het wel gedaan.'

Ze staarde me lang aan en knikte toen. 'Goed,' zei ze, terwijl ze opstond. 'Maar voor wat het waard is, Sam, het spijt me heel erg. Echt waar.'

'Ik wil hem gewoon terug,' zei ik. Ik bezweek voor haar vriendelijkheid en had zo veel pijn in mijn buik dat ik bijna dubbelklapte. Ik deed mijn mond open en verwachtte dat er een enorme pijnkreet uit zou komen, maar er was niets. Alleen stilte. Alleen eenzaamheid.

Toen ik die avond thuiskwam, leken er nog meer journalisten buiten te staan dan anders. De partij zou al over twee dagen stemmen en de kranten waren vrijwel unaniem in hun mening: Bobby Brewster zou winnen en de volgende premier worden. En mijn moeder zou hoogstwaarschijnlijk worden teruggestuurd naar de achterste bankjes van het parlement. Het leek wel alsof alle nieuwsprogramma's op televisie of radio een mening hadden over het onderwerp transgenderisme, en hoewel mijn broer Jason twee ouders had, gaven bijna alle journalisten mijn moeder de schuld van wat ze zijn 'excentriciteit' noemden. Zelfs die kranten die mijn broer Jason steunden, vonden toch nog subtiele manieren om mijn moeder verwijten te maken, alsof haar ambitie en carrière op een of andere manier inhielden dat ze ter verantwoording moest worden geroepen.

Vreemd genoeg maakte het niet uit wie het schreef – een man of een vrouw – het kwam altijd op hetzelfde neer. Dat mijn moeder fout was en mijn vader een slappeling, omdat hij haar persoonlijk assistent was. Dat alles heel anders zou zijn gegaan als zij gewoon al die jaren thuis was gebleven. Mijn moeder zei dat ik die artikelen niet moest lezen, dat het allemaal onzin was, maar ik kon het niet helpen. Ik moest weten wat ze over haar schreven. Over ons.

In de keuken trof ik mijn vader en moeder naast elkaar aan tafel aan, met een heleboel partijmedewerkers om hen heen. Ze lazen een document van drie bladzijden en maakten er aantekeningen op.

'Ga maar liever naar je kamer, Sam,' zei een van de jongere medewerkers en ik draaide me naar hem om, woedend omdat ik mijn eigen keuken uit gestuurd werd.

Maar voor ik een woord kon zeggen, riep mijn moeder zo hard als ze kon: 'Nee!'

Het werd doodstil en iedereen draaide zich naar haar om.

'Dat is mijn zoon,' zei ze. 'En ik ga dezelfde fout niet nog een keer maken. Ga alsjeblieft aan de kant, jullie, en laat hem erdoor!'

De mensen gingen uiteen en ik ging tussen haar en mijn vader staan. Ik keek van de een naar de ander en liet mijn stem dalen zodat ik ons gesprek privé kon houden. 'Wat is er aan de hand?' vroeg ik.

'Het is voorbij,' zei ze. 'Ik trek me terug.'

'Maar waarom?' vroeg ik. 'Het duurt nog twee dagen voor ze gaan stemmen en...'

'En ik kan niet winnen. Dus is het beter om me nu eervol terug te trekken en het Bobby te laten overnemen.'

Ik knikte. 'Maar geeft hij je dan wel een goede post?'

Ze schudde lachend haar hoofd. 'Ik denk het niet,' zei ze. 'Ik weet trouwens ook niet meer zo zeker of ik die wel wil.'

Ik voelde een groot verdriet in me opkomen. Alles was verkeerd gegaan. Mijn broer Jason was al eeuwen niet meer gezien, mijn moeder stond op het punt om de enige baan te laten schieten die ze ooit echt had gewild, mijn vader zou waarschijnlijk werkloos worden, en wat zou er dan met ons allemaal gebeuren?

'Dus dit is wat ik ga doen, Sam,' ging ze verder. 'Ik ga naar buiten, spreek de media toe en vertel ze wat ik besloten heb. Het zal hier nog wel een paar dagen een heel circus blijven, vrees ik. Tot Bobby in Downing Street 10 zit en zijn kabinet heeft bekendgemaakt. Maar ik weet vrij zeker dat daarna alles weer tot rust komt. Het spijt me van alle opschudding, het spijt me echt.'

'Dat geeft niet,' zei ik. 'Maar weet je het zeker? Misschien krijg je nooit meer een kans om premier te worden.'

'Ik heb mijn oudste kind al bijna drie maanden niet gezien,' zei ze en ze slikte snel. Ik zag dat ze bijna in tranen was. 'En ik besef nu pas hoeveel schade ik aan dit gezin heb toegebracht. Dus, heel eerlijk Sam, het antwoord is ja. Ik geloof niet dat ik ooit in mijn leven ergens zo zeker van ben geweest.'

Toen zij en mijn vader opstonden, knikte ik en wilde ik naar mijn kamer gaan, maar toen besloot ik toch van niet. 'Mag ik mee?'

'Dat lijkt me niet, Sam,' zei mijn vader. 'Ze gaan vragen schreeuwen tegen je moeder en het wordt heel onaangenaam.'

'Daarom wil ik er juist bij zijn,' zei ik, terwijl ik naar mijn moeder opkeek. 'Ik wil naast je staan als ze al die gemene dingen zeggen. Kunnen we alle anderen vragen om binnen te blijven?'

'Alle anderen?' vroeg ze.

'Al deze mensen,' zei ik, terwijl ik de keuken rondkeek naar de menigte partijmedewerkers. Ik kende bijna niemand van hen en helemaal niemand had ooit de moeite genomen een klein beetje interesse in me te tonen.

Mijn moeder keek mijn vader aan en haalde haar schouders op. 'Wat maakt het uit,' zei ze. 'Goed, iedereen, de enigen die de media straks tegemoet treden zijn ik, mijn man en Sam.'

Teleurgesteld gemompel golfde door de keuken; ze wisten allemaal dat degene die het dichtst bij mijn moeder stond de eerstvolgende vierentwintig uur in alle nieuwsuitzendingen te zien zou zijn.

'Minister,' zei een jonge man in een donkerblauw pak die ik een paar keer onvriendelijk had horen doen tegen onze schoonmaker. 'Misschien kan ik met u meegaan voor wat morele...'

'Gaan jullie drieën maar naar buiten,' zei de stem van iemand die binnenkwam vanuit de hal, 'dan doe ik de deur wel achter jullie dicht. Alle anderen blijven waar ze zijn, of er komt ellende van.'

Ik keek op en daar stond Bradley, onze chauffeur, met een dreigende blik op zijn gezicht die duidelijk maakte dat degene die zou proberen hem tegen te spreken, daar hoogstwaarschijnlijk spijt van zou krijgen.

'Dank je, Bradley,' zei mijn moeder toen we de gang in liepen. Ze draaide zich om naar mijn vader, die links van haar liep, en toen naar mij aan haar rechterkant, en ze glimlachte. 'Zijn we er klaar voor?'

'We hebben nog een heel leven voor ons, Deborah,' zei mijn vader in mijn moeders oor. 'We komen dit wel door, dat beloof ik je. En dan is onze eerste prioriteit...'

'Ons kind thuiskrijgen,' zei mijn moeder.

'Precies.'

Ze glimlachte en kuste hem op zijn wang. Toen nam ze ons allebei bij de hand en liepen we naar de voordeur.

Toen we eenmaal buiten stonden, kon ik mijn ogen bijna niet openhouden, zo snel flitsten de camera's. Er waren minstens acht tv-camera's op mijn moeder gericht, en op zijn minst tien radiomicrofoons. Ze stonden onderling te duwen en te trekken, probeerden steeds dichterbij te komen, maar zodra ze haar papieren pakte en ze begon toe te spreken, viel de hele meute stil.

'Iedereen wil een stabiele overheid,' begon ze. 'Wat je politieke overtuiging, je gender, je beroep of je leeftijd ook is, we willen allemaal dat ons land efficiënt en verstandig wordt geleid. In de afgelopen zeven jaar, waarin ik lid was van het kabinet, en in de jaren daarvoor, toen ik in het schaduwkabinet zat, heb ik altijd mijn best gedaan om mijn ministerie zo efficiënt mogelijk te laten draaien en te doen wat ik kon om degenen te helpen die daar behoefte aan hadden. En ik geef toe dat het vooruitzicht om premier te worden mij zeker bekoorde, want eerlijk gezegd heb ik altijd geloofd dat ik die taak aankon en goed zou vervullen. Maar zoals jullie allemaal weten, zijn de afgelopen paar weken heel moeilijk geweest voor mijn gezin en mij. We zijn echt onder een vergrootglas gelegd – een vergrootglas dat misschien geen politicus zou moeten hoeven verdragen – en dat heeft een verschrikkelijke invloed op ons gehad. En ik zeg dit tegen mijn partijleden en parlementsgenoten: mijn gezin is belangrijker voor mij dan jullie en zal dat altijd zijn. Dus die kleinzielige, discriminerende vooroordelen van jullie kunnen jullie – met excuses voor de formulering – gerust in je hol steken. Ik moest veranderen en het is tijd dat iedereen dat doet. En dus maak ik nu bekend, met een bedroefd hart maar oprechte hoop voor de toekomst, dat ik...'

Ze viel ineens stil en ik keek naar haar op, want ik

vroeg me af of ze van gedachten was veranderd. Maar nee, ze was niet ter plekke haar toespraak aan het herschrijven. In plaats daarvan keek ze over de journalisten heen, over de microfoons en de televisiecamera's, naar de straat daarachter.

Daar stond een jongen van zeventien in spijkerbroek en Arsenal-shirt. Hij had zich een paar dagen niet geschoren en had een waas van stoppels op zijn kin en wangen. Zijn haar was heel kort getrimd, zoals jonge soldaten het hebben als ze net in het leger zitten. Hij liep op Doc Martens en droeg een tas over zijn schouder. Iedereen draaide zich naar hem om. Ik geloof niet dat ik ooit een jongen had gezien die er zo... jongensachtig uitzag als hij. Maar hij zag er ook diepongelukkig uit. Bijna alsof hij een jongen moest spelen. Mijn broer Jason zag er nu misschien precies uit zoals we de hele tijd van hem hadden gevraagd, maar voor het eerst besefte ik dat hij er helemaal niet uitzag zoals hij was – zoals zíj was.

Hij liep langzaam naar de voordeur, met gebogen hoofd, en de journalisten gingen uit elkaar om hem erdoor te laten. Toen hij bij ons was, staarden mijn vader en moeder hem aan alsof ze niet konden geloven dat hij thuis was gekomen.

'Wat heb je met jezelf gedaan?' vroeg mijn moeder, terwijl ze hem van top tot teen bekeek, haar hand uitstak en er langzaam mee over zijn hoofd streek.

'Ik ben weer wie ik vroeger was,' zei hij zacht, zonder ons aan te kunnen kijken. 'Dat wilden jullie toch?

Dat zal je helpen die baan te krijgen. Ik vind het niet erg, echt niet. Ik kan dit, geloof me. Ik zal het er nooit meer over hebben. Ik blijf zo. Ik blijf Jason.'

'Na alles wat je hebt doorgemaakt?' vroeg mijn moeder. 'Na alles wat wij je hebben laten doormaken? Dat wil je allemaal opgeven, voor mij?'

Hij knikte.

Mijn vader en moeder staarden naar hem en toen naar elkaar, en toen hij mijn blik ving, kon ik alleen maar naar de grond kijken omdat ik me zo schaamde voor mijn gedrag van de afgelopen maanden en omdat het me zo trots maakte dat hij zo dapper was geweest.

Toen werd de stilte verbroken en begonnen de journalisten vragen naar ons te schreeuwen. 'Jason?' riepen ze. 'Ben je voorgoed terug, Jason? Denk je nog steeds dat je een meisje bent, Jason?'

'Er ís geen Jason,' schreeuwde ik zo hard als ik kon. Het was de eerste keer dat ik iets tegen de verslaggevers zei en ze werden stuk voor stuk stil en richtten hun camera's en microfoons in mijn richting.

Van mijn gezin zei ook niemand iets, maar ik voelde hun ogen op me gericht. Ik slikte moeizaam. Voor de eerste keer in mijn leven was ik zichtbaar voor de hele wereld en wilde ik dat ook zijn.

'Er ís geen Jason,' herhaalde ik, maar nu wat zachter, want ik had me naar rechts gedraaid en keek op naar degene voor wie ik mijn hele leven al liefde en bewondering voelde. 'Mijn broer heet Jessica.'

10

Boven aan het glibberige pad

Als je nooit op Downing Street 10 hebt gewoond, kun je je niet voorstellen hoe raar het daar is. Toen we nog op Rutherford Road woonden, hadden we een huis van vier etages en zo veel ruimte dat we niet wisten wat we ermee aan moesten. Nu wonen we in een klein appartement met maar twee slaapkamers en twee wc's, en als mijn zus thuiskomt van de universiteit, wat ze om de drie weken doet, moeten we een slaapkamer delen. Dat is echt gênant, ook al hebben we geweldige gesprekken, net als toen ik klein was. En als ik de trap op en af loop, moet ik elke keer kijken naar de portretten en foto's van knorrig uitziende mannen, plus twee vrouwen, die hiervoor de baan hebben gehad die mijn moeder nu heeft. Ze zullen haar foto daar ook wel ophangen als wij weggaan, al ziet het ernaar uit dat dat nog wel even kan duren, want ze stijgt steeds verder in de peilingen.

Gelukkig is Bradley er nog. Hij komt me elke dag ophalen om me met de auto naar school te brengen, zet me af voor de poort en verdwijnt dan om te gaan doen wat hij doet voor hij me later weer komt halen.

Soms neem ik drie vrienden mee naar huis – Jake Tomlin, Alison Beetle en mijn beste vriend, David Fugue, want we zitten samen in een band. Jake speelt gitaar, Alison drumt, ik speel toetsen en David is de zanger. Ik moet toegeven dat hij echt goed is. We heten Your Breakfast – Jouw Ontbijt – en we worden wereldberoemd. We wilden ons eerst You're Breakfast – Jij bent Ontbijt – noemen, gewoon om verwarring te zaaien, maar besloten toch van niet. David en ik zijn vrienden geworden vlak nadat mijn moeder premier werd. Ik denk dat hij zich eerst gewoon belangrijk wilde voelen, maar uiteindelijk zei hij dat hij veel spijt had van de manier waarop hij mij vanaf onze eerste ontmoeting heeft behandeld. Toen ik vroeg waarom hij altijd zo gemeen had gedaan, zei hij dat hij totaal in de war was over zijn eigen leven en besloten had om dat op mij af te reageren, vooral toen die roddels kwamen, maar dat hij er echt spijt van had omdat hij me eigenlijk altijd aardig had gevonden. En toen vertelde hij dat hij met Jake Tomlin had gezoend en dat ze verkering hadden en dat ik het aan niemand mocht vertellen, en ik heb er geen woord over gezegd, ook al zou het een enorm schandaal worden en zou er wekenlang over niets anders gesproken worden.

De ambtenaren houden er niet van als wij spelen in de achtertuin die uitkijkt op Horse Guards Road, maar als er iemand klaagt, legt mijn moeder hem met een blik het zwijgen op en dat is dan dat. En als je denkt dat mijn moeder erg is: mijn vader is nog erger. Toen de president van de Verenigde Staten een keer op bezoek was en naar buiten kwam om te klagen dat we te veel herrie maakten, liep mijn vader achter hem aan de tuin in en gaf hem de wind van voren. Als we jonge mensen niet aanmoedigen om gezonde activiteiten zoals muziek maken te ondernemen, zei hij, groeien ze op voor galg en rad en worden het geestelijk gestoorde gekken die nooit een boek lezen en nul respect hebben voor een ander dan zijzelf. Toen werd de president heel erg boos en viel zijn pruik af, en toen Alison Beetle die aan hem wilde teruggeven werd ze aangevallen door drie Secret Service-mannen die haar tegen de grond werkten. Ze is maar een meisje van zestien, maar omdat ze drummer is, is ze best wel sterk en ze begon goed van zich af te slaan. Dus toen moesten onze eigen veiligheidsmensen naar buiten komen om ze uit elkaar te halen, en voor we het wisten was het een diplomatiek incident. Later twitterde de president:

> *Lastig tv kijken als pubers met laag IQ zeer slechte muziek voor het raam spelen. Triest!*

En hoewel het ministerie van Buitenlandse Zaken mijn vader gesmeekt heeft om het niet te doen, twitterde hij toch terug: *you.* Maar eigenlijk stond er natuurlijk niet alleen *you;* er stond nog een ander woord voor. Een woord dat rijmt op 'geluk'.

Mijn moeder is nu twee jaar minister-president en over het algemeen lijken de mensen te vinden dat ze het best goed doet. Ze zorgt dat er geld komt voor dingen waar ze in gelooft, maar ze houdt het geld tegen als ze vindt dat de mensen die met het geld aan de slag gaan het niet goed doen. En ze is de hele wereld rond geweest – naar Amerika, Canada, Azië en bijna alle landen van Europa. Maar het meest houdt ze van Australië en toen ze me er vorig jaar voor mijn zestiende verjaardag mee naartoe nam, is de premier van Australië met ons naar een café gegaan dat Fortune of War heette, het oudste café van Sydney. Ik zat achterin terwijl zij over saaie politiek praatten en dronk zeven biertjes voor ik omviel in een hoek. Toen wilde ik per se 'Waltzing Matilda' zingen, zo hard als ik kon, en moest ik naar buiten worden gedragen. Al haar assistenten hebben nog geprobeerd te voorkomen dat de pers foto's nam toen ik stond over te geven in de goot, maar zij zei dat ze hun gang maar moesten gaan; want dan zou ik me kapotschamen als ik de volgende dag de foto's in de kranten zag, en dat zou me misschien een lesje leren, zodat ik het nooit meer zou doen. En eerlijk is eerlijk, toen ik de volgende ochtend de *Sydney Morning Herald* achter mijn hoteldeur opraapte en mezelf op de foto's als een idioot op de grond zag liggen, schaamde ik me inderdaad best wel. Ze stonden ook in alle Britse kranten.

Tussen mij en mijn ouders is het nu heel anders dan eerst. Hoewel mijn moeder het heel druk heeft, zorgt ze dat we elke week een avond en een paar uur op zondagmiddag samen zijn, en dan moet ik haar alles vertellen wat er gebeurt in mijn leven.

'Vanaf nu kan ik je niet meer álles vertellen,' zei ik pasgeleden tegen haar, want over sommige dingen kan ik absoluut niet met mijn moeder praten. 'Sommige dingen zijn privé.'

'Goed,' zei ze, en ze keek een beetje zenuwachtig. 'Maar vergeet niet: als je ergens over wilt praten – maakt niet uit wat – wees dan niet bang om naar je vader en mij toe te komen. Geen enkel probleem is zo groot dat we er niet zouden zijn om je te steunen.'

'Oké,' zei ik. 'Maar er is eigenlijk niets.' Wat ook zo is, want alles is in orde.

Een tijdje geleden heb ik haar wel gevraagd hoeveel jaar ze dacht dat ze deze baan nog zou houden.

'Nog hooguit vijf of zes,' zei ze. 'Dan is het genoeg geweest. Tijd om het door iemand anders over te laten nemen, zodat wij van het leven kunnen gaan genieten. Maar er zijn nog steeds een heleboel dingen die ik voor elkaar wil krijgen. Het heeft geen zin om een functie als deze te hebben zonder er echt iets mee te doen. En ik ben nog maar net begonnen, Sam. Op een dag zul je terugkijken en trots zijn op je moeder.'

'Ik ben nu al trots op je,' zei ik.

Het is vreemd, maar het is alsof alles anders is sinds ze premier is. Al die jaren waarin ze vooruit probeerde te komen op het glibberige pad naar de top, leek ze nauwelijks te zien dat ik bestond. Maar nu ze eindelijk de hoogste post heeft, lijkt ze geen genoeg van me te kunnen krijgen. Op een bepaalde manier is het fijn, maar intussen kan ik maar niet vergeten hoe het vroeger was. Ik wil soms met haar praten over hoe ongemakkelijk ik me toen voelde, hoe buitengesloten, maar het goede moment daarvoor lijkt nog niet te zijn gekomen. Later misschien.

Ik voel geen boosheid meer jegens haar, alleen een beetje onbegrip als ik terugkijk naar toen ik klein was en me afvraag waarom ze zich toen zo heeft gedragen. Maar als ik terugkijk naar mezelf als kind, vraag ik me dat ook af over mijzelf. We zijn geen van allen perfect, geloof ik. En ze is hoe dan ook mijn moeder.

Laura Brewster is mijn vriendin niet meer, maar ik zie haar nog steeds heel vaak omdat ze hiernaast woont, op Downing Street 11. Mijn moeder heeft haar vader, Bobby, benoemd tot minister van Financiën, ook al heeft hij geprobeerd haar een mes in de rug te steken. *Hou je vrienden dicht bij je*, zei ze tegen me, *maar je vijanden nog dichterbij*. Er zitten een paar tussendeuren tussen hun appartement en het onze, en Laura en ik komen elkaar de hele tijd tegen.

We hebben nooit meer iets met elkaar gekregen, maar we zijn wel goede vrienden geworden, en zonder haar zou ik Catherine, die al bijna vijf maanden mijn nieuwe vriendin is, niet hebben ontmoet. Catherine zit bij Laura in de klas, en toen ik haar in de zomer in de keuken van nummer 11 zag staan, kon ik geen woord uitbrengen. Ik bedoel dat ik letterlijk niet kon praten. Ik kon haar alleen maar aanstaren en wist niet meer hoe je geluid moet maken. En ik bleef staan staren tot ze me tegen mijn arm stompte om me wakker te schudden, en toen probeerde ik geestige en slimme dingen te zeggen, maar die kwamen er helemaal verkeerd uit en ik denk echt dat ze gedacht moet hebben dat er iets mis met me was. Maar de volgende keer dat ik haar zag probeerde ik het nog eens, en toen lukte het me om te praten zonder mezelf totaal voor schut te zetten. Daarna was er disco op school en heb ik haar ten dans gevraagd, en sindsdien is het aan tussen ons.

Maar sinds kort is er een nieuw meisje op school, Ayesha, die met haar familie van Delhi naar Engeland is verhuisd, en ze zit naast me bij Engels. Ze helpt me bij het lezen en zorgt dat de woorden niet meer over de bladzijde rondzweven, en we hebben geweldige gesprekken over het leven in India, en nu wil ik daar op een dag naartoe. Ik vind haar echt leuk, en zij mij ook, denk ik, maar ik hoor natuurlijk met Catherine uit te gaan. Ik weet niet precies wat er gaat gebeuren, maar ik voel wel dat er problemen aan zitten te komen.

Jessica heeft haar eindexamens niet zo goed gemaakt, maar dat was misschien ook te verwachten na de moeilijke tijd die we dat jaar hebben gehad. Maar ze besloot het de volgende zomer opnieuw te doen en toen kreeg ze de cijfers die ze wilde en kon ze naar Norwich, waar ze Engels studeert aan de universiteit.

Ik ga een of twee keer per semester naar haar toe en blijf dan een weekend logeren, en dan maken we lange wandelingen om het meer en praten over ons leven.

Ze lijkt nu veel meer op een meisje dan op een jongen, want ze slikt nu die speciale pillen en krijgt geen baard- of snorharen meer. En ze krijgt ook duidelijk borsten, al probeer ik er niet naar te kijken. En ze kleedt zich als een meisje en ik zie dat de jongens naar haar kijken als ze langslopen, want ze ziet er nu echt als een meisje uit en niet meer als een jongen. Daar lijkt ze blij mee, al zegt ze dat het elke dag nog moeilijk voor haar is. Ze krijgt therapie en ze heeft een arts die haar helpt omdat ze niet goed weet wat er komen gaat, maar ze weet wel dat ze de juiste keuze heeft gemaakt. Ze voetbalt ook weer. Ze is het enige meisje in het team, maar aan de universiteit lijkt niemand daarmee te zitten omdat ze toch al beter is dan de meesten.

Op de terugweg naar Londen nadat ik bij haar ben geweest maak ik me altijd een beetje zorgen om haar, ook al weet ik dat ze precies zo leeft als ze wil. Dan staar ik uit het raampje en kijk naar het langsglijdende landschap en denk aan haar, in plaats van naar muziek te luisteren of te lezen.

De laatste keer dat ik terugkwam, zat ik tegenover een oude vrouw die haar dochter probeerde te appen dat ze de trein had gemist en er een later had genomen, en dat ze dus niet te vroeg naar Liverpool Street Station moest komen. Maar elke keer dat ze het probeerde, lukte het niet en ik zag dat ze steeds gefrustreerder raakte. Ik vroeg wat er mis was en bood aan om even naar haar telefoon te kijken, maar die was heel oud en ik vroeg of ze hem soms had laten vallen, want ik hoorde er iets in rammelen.

'Op het perron, toen ik instapte,' zei ze. 'Hij viel zomaar uit mijn handen. O jee, denk je dat je hem weer aan de praat krijgt? Anders staat mijn dochter daar te wachten met de tweeling. Ik wil niet dat ze daar uren voor niets staat.'

'Sorry, ik denk dat hij er geweest is,' zei ik en ik gaf hem aan haar terug. 'Maar u mag wel een berichtje met mijn telefoon sturen, als u wilt, en als u het nummer weet.'

Dat wist ze. Ze tikte het berichtje in, drukte op 'verzenden' en de telefoon sprong weer op het beginscherm. Voor ze hem teruggaf, keek ze even naar de screensaver. Het was een foto van afgelopen weekend, van mij voor de faculteit Engels, grijnzend als een gek.

'Moet je jou eens zien!' zei de oude vrouw. 'Zo gelukkig zie je de mensen niet vaak. En wie is dat vreselijk mooie meisje naast je? Je vriendinnetje? Ze kijkt ook al zo blij. O, ik weet nog dat ik ook zo keek, helemaal opgewonden over het leven, toen ik jong was!'

Ik lachte en nam de telefoon weer van haar aan. Ik keek nog even naar de foto en zag dat onze gezichten inderdaad vrolijk stonden. De slechte dagen waren blijkbaar voorbij.

'Nee, dat is mijn vriendin niet,' zei ik hoofdschuddend. 'Ieuw! Dat is mijn zus. Mijn zus Jessica.'

Dankwoord

Veel dank voor alle raad en steun aan Naomi Colthurst en het hele team van Penguin Random House Children's Books; aan Simon Trewin, Eric Simonoff en iedereen bij WME; aan mijn uitgevers over de hele wereld, die mijn boeken met zo veel toewijding en enthousiasme uitgeven, en, natuurlijk, aan mijn lezers. Bedankt allemaal.

Nawoord

Het slechtste advies dat een schrijver kan krijgen is dat hij moet schrijven over wat hij kent. Wie wil zich nu zo laten beperken? Een van de redenen dat ik schrijf, is juist omdat ik wil weten hoe het leven van andere mensen eruitziet. Ik vind het interessant en uitdagend om te schrijven over wat ik níét ken en om, door het schrijven, iets te leren over een onderwerp, het te gaan begrijpen en het zo authentiek mogelijk weer te geven om anderen te helpen het ook te begrijpen.

In al mijn boeken voor jongere lezers heb ik geschreven over kinderen die op een of andere manier geïsoleerd raken, of dat nou door oorlog, leed of verlating komt. Mijn boeken voor volwassenen zijn steeds persoonlijker geworden, en dat geldt ook voor die voor jongere mensen. Ik raakte geïnteresseerd in de vraag hoe een kind zou omgaan met ingewikkelde kwesties rond gender en seksualiteit, en dan niet wanneer het kind daar zelf mee worstelt, maar als iemand van wie hij of zij houdt dat gevecht moet aangaan.

We weten allemaal hoe het is om jong te zijn en er dolgraag bij te willen horen. Alles wat ons onderscheidt van anderen kan angstaanjagend zijn. Het kan tot pesten en isolement leiden. Het is moeilijk om op te komen voor kinderen die al het pispaaltje zijn, want we kunnen zelf ook een doelwit worden als we ons verbinden aan hun lot. Maar als we niet opkomen voor de onderdrukten, worden we op een of andere manier zelf de onderdrukkers. Als we niet naast degenen gaan staan die gepest worden, zijn we medeplichtig aan het pesten. Dus kies een kant. Kies wat voor soort mens je wilt zijn. En wees dan ook in staat om met je beslissing te leven.

Ik weet niet hoe het is om transgender te zijn, maar ik weet wel hoe het is om op te groeien terwijl je je anders voelt dan anderen en bang bent voor wat dat kan betekenen, of voor de gevolgen als je het aan mensen laat zien. Toen ik ongeveer zo oud was als Sam, begon ik me te realiseren dat ik homo was en dat idee joeg me grote angst aan. Ik vertelde het aan niemand, want ik dacht dat niemand het zou begrijpen. Toen ik zo oud was als Jessica, ontkende ik het nog steeds en was ik bang dat mijn vrienden of familie erachter zouden komen. En toen, rond mijn twintigste, besefte ik dat ik nooit gelukkig zou zijn als ik in een leugen bleef leven en dat de mensen die me niet konden waarderen om hoe ik toen was, heel eerlijk gezegd, konden opdonderen. Dus vertelde ik het. Ik vertelde het aan iedereen. En het leven werd een miljoen keer zo goed toen ik dat had gedaan, want mensen kunnen vaak verrassend aardig en begripvol zijn.

Toen ik met transgender jongeren sprak tijdens het schrijven van dit boek werd ik geraakt door hun moed, maar nog meer door hun eerlijkheid. Dit zijn mensen die de behoefte hebben hun leven zo authentiek mogelijk te leven – als zichzelf, als hun echte zelf – en het vergt veel moed om dat te doen in een samenleving die zo hard kan zijn voor mensen die niet in de beperkende genderopvattingen passen. Mensen zijn bang voor wat ze niet begrijpen. Maar hoe meer je over een bepaald onderwerp te weten komt, hoe beter je begrijpt dat er niets is om bang voor te zijn.

Ik hoop dat *Mijn broer heet Jessica* jonge lezers zal laten zien hoe ontzettend dapper transgender jongeren zijn en hen zal helpen beseffen dat dit gewoon weer een van de vele facetten van de menselijke natuur is die we kunnen koesteren.

LEES MEER VAN

John Boyne

Overal zijn verhalen te vinden, als je maar goed genoeg zoekt. Het hoeven niet eens je eigen verhalen te zijn. Tenminste, dat is wat de beginnende schrijver Maurice Swift al vroeg in zijn carrière besluit. Want ambitie heeft hij meer dan genoeg, schrijftalent ook wel, maar door een jammerlijk gebrek aan inspiratie kent zijn schrijversdroom vooralsnog geen vliegende start. Een toevallige ontmoeting met bestsellerauteur Erich Ackermann in een Berlijns hotel biedt hem de gelegenheid zichzelf in de wereld van de literatuur te lanceren. Erich is namelijk eenzaam, heeft een verhaal te vertellen en vindt in Maurice een gretig luisterend oor. De charme en attenties van Maurice maken hem blind voor de waarheid: hij had zijn verhaal beter voor zichzelf kunnen houden.

Verkrijgbaar als e-book & papieren boek

LEES MEER VAN

John Boyne

Ierland, 1945. Cyril wordt geboren als bastaardzoon van een verstoten tienermeisje. Het welgestelde echtpaar Avery adopteert hem, maar Cyril vraagt zich vaak af waarom, want zijn adoptieouders laten geen gelegenheid onbenut om hem op het hart te drukken dat hij geen echte Avery is. Hij voelt zich ook geen Avery, en hij voelt zich ook niet thuis in het katholieke naoorlogse Ierland. Pas als hij de flamboyante charmeur Julian Woodbead ontmoet, is de eerste stap naar de zoektocht van zijn identiteit gezet – een zoektocht die hem tot in Amsterdam en New York voert, in een poging het geluk en de liefde te vinden.

Verkrijgbaar als
e-book
& papieren boek

LEES MEER VAN

John Boyne

1972. De jonge Odran Yates gaat in het klooster, omdat zijn moeder hem ervan overtuigd heeft dat het priesterschap zijn roeping is. Hij begint vol ambitie en hoop aan zijn nieuwe leven, toegewijd aan zijn studie en open voor nieuwe vriendschappen.

Veertig jaar later staat zijn vertrouwen in de Kerk onder grote druk door de vele onthullingen over misbruik. Vrienden van hem zijn voor het gerecht gesleept, collega's zijn gevangengezet en vele jonge parochianen zijn getekend voor het leven. Odran vermijdt contact met de buitenwereld uit angst voor afkeurende blikken en beledigende opmerkingen. Tot hij gedwongen wordt zijn eigen voetsporen in deze geschiedenis terug te volgen.